Simon Packham

Comin 2 get u

Roman

Aus dem Englischen
von Katja Frixe

**Ausführliche Informationen über
unsere Autoren und Bücher
www.dtv.de**

Zu diesem Band gibt es ein Unterrichtsmodell unter
www.dtv.de/lehrer zum kostenlosen Download.

Von Simon Packham ist bei
dtv junior außerdem lieferbar:
Stumme Helden lügen nicht

Für Mum und Dad

Deutsche Erstausgabe
9. Auflage 2017
2012 dtv Verlagsgesellschaft mbH & Co. KG,
München
© Simon Packham 2010
Titel der englischen Originalausgabe: ›Comin 2 gt u‹,
2010 erschienen bei Piccadilly Press, London, England
© für die deutschsprachige Ausgabe:
2012 dtv Verlagsgesellschaft mbH & Co. KG, München
Umschlagkonzept: Balk & Brumshagen
Umschlaggestaltung: Büro Jorge Schmidt
unter Verwendung eines Fotos von Jan Roeder
Lektorat: Dagmar Kalinke
Gesetzt aus der Sabon 10,5/13˙
Gesamtherstellung: Druckerei C.H.Beck, Nördlingen
Gedruckt auf säurefreiem, chlorfrei gebleichtem Papier
Printed in Germany · ISBN 978-3-423-78257-9

Donnerstag

(Woche eins)

21.05 Uhr
Ich war gerade mal zwei Stunden in Welt 67 unterwegs, als mir klar wurde, dass sie mich töten würden. Vor meinem inneren Auge zog mein ganzes Leben an mir vorbei und ich verfluchte mich selbst dafür, dass ich mich in so ein Drecksloch hatte locken lassen.
Lasst uns zurückgehen, bat ich, aber ihr Schweigen konnte nur bedeuten, dass Duke77 (also ich, Sam Tennant) bald Geschichte sein würde.

Nicht, dass jemand denkt, ich wäre ein blutiger Anfänger. Seit Wochen hatte ich daran gearbeitet, höhere Levels zu erreichen. Eigentlich hätte ich das Betrügerpaar schon längst bemerken müssen. Warum war ich zwei völlig Fremden in die Wildnis gefolgt? Ich wollte die beiden gerade um Gnade anflehen, als die Unterhaltung plötzlich ziemlich mies wurde:

Ollyg78: u r so dead
Der Imperator: kill ihn nicht lass ihn mir
Ollyg78: kk

Ich schwitzte Blut und Wasser, als wir feurig-gelbe Seen aus flüssiger Lava passierten und dann den Weg durch einen Wald aus sterbenden Bäumen einschlugen – die Äste knorrig und gebogen wie Großvaters arthritische Finger.

Duke77: bitte ... ich gebe euch mein amulett ... voll aufgeladen
Der Imperator: lol chickenboy
Ollyg78: anfängerbirne
Duke77: was soll das
Ollyg78: das ist eine falle
Der Imperator: weil wir dich hassen

Innerhalb einer Nanosekunde war alles vorbei. Ich war noch nie zuvor gestorben, aber genau wie Alex gesagt hatte, wirkte das Ganze von den Grafiken her ziemlich primitiv. Der Imperator schlitzte mich mit seinem Drachensäbel auf und es spritzte ein bisschen Blut, bevor ich auf die Knie sank und verreckte.

Doch was mich wirklich umhaute, war das, was als Nächstes kam:

Ollyg78: cu l8r sam
Der Imperator: sehen uns morgen in sozi

Sie wussten, wer ich war.

Aber das war unmöglich. Wenn sie in meiner Klasse waren, hätte ich ihre Profile wiedererkannt.

Der Imperator: wir beobachten dich
Ollyg78: wir wissen wo du wohnst
Der Imperator: were comin 2 get u
Duke77: wer seid ihr was wollt ihr

Es können keine Nachrichten gesendet werden. Der Spieler ist ausgeloggt.

Und als ich das Spiel neu startete, hatte ich alles verloren – all die coolen Dinge, für die ich so hart gearbeitet hatte: volle Drachenkraft, mein Amulett, eine Million Hummer, hundert geschliffene Diamanten, fünftau-
send Krieger, zehntausend Bündel Flachs und, was am
allerschlimmsten war, meine kristallene Kobold-Rüs-
tung. Ich fühlte mich, als hätte jemand einfach mein
Leben genommen und es die Toilette hinuntergespült.

»Samuel! Zeit, den Computer auszumachen.«

Wenn ich für jedes Mal, das Mum unten an der
Treppe stand und diesen Satz rief, Geld bekommen
hätte, wären keine kostbaren Computerspielstunden
für einen stinkenden Hühnerstall draufgegangen, den
ich ausmisten musste, um ihr meinen iPod nano zu-
rückzuzahlen.

»Ja, alles klar, hab mich sowieso gerade ausgeloggt.«

»Dann beeil dich. Kein Wunder, dass du nie Zeit hast,
Klarinette zu üben.«

Wenn man Mum reden hört, verbringe ich die eine
Hälfte meines Lebens im Internet und die andere Hälfte
damit, »meine Serienkiller-Fähigkeiten« an der Xbox
auszubauen. Hat irgendjemand ein Problem damit?

»Los, Sam. Du solltest schon vor zwanzig Minuten
im Bett sein.«

Seit Dad vor ein paar Wochen in die Staaten geflogen
war, um »seinen Traum zu leben«, war sie viel strenger
geworden. Eigentlich ging es immer ziemlich entspannt
bei uns zu Hause zu, aber jetzt kam ich mir schon fast
vor wie beim Militär. Wenn ich zwei Sekunden zu spät
zum Abendessen kam oder irgend so was, flippte Mum
total aus.

»Kann ich noch –«

»Nein, kannst du nicht. Ich habe dich kaum gesehen, seit du nach Hause gekommen bist. Du hast mir noch gar nicht erzählt, wie es in der Schule war.«

Sie war dieser verrückten Auffassung, dass Eltern alles über das Leben ihrer Kinder wissen sollten. Nur weil sie Kinderpsychiaterin war, glaubte sie, Expertin in Sachen Kinder zu sein. Immer wieder fing sie damit an, dass ich versuchen müsse, mich mehr für andere Leute zu interessieren. Also ging ich nach unten, um an meinen sozialen Fähigkeiten zu arbeiten. »Hi Mum, wie war dein Tag?«

»Ach, das Übliche: einmal Verdacht auf Asperger und ein paarmal ADHS.« Jetzt, wo ich bei ihr unten war, schien sie sich mehr fürs Fernsehen zu interessieren. »Aber was ist mit dir, Sam? Du siehst ein bisschen niedergeschlagen aus. Alles in Ordnung?«

»Mir ist gerade etwas total Merkwürdiges passiert.«

»Was meinst du mit merkwürdig? Du warst doch nicht in einem dieser Chatrooms, oder?«

Immer wenn ich ins Internet ging, hielt sie mir einen Vortrag darüber, ja nicht irgendwo meinen Namen und meine Adresse zu verraten.

»Nein, Mum, nichts in der Art – ich wurde gerade von jemandem getötet.«

»Ich dachte, dass es genau darum geht.«

»Ja, aber –«

»Es ist doch nur ein Spiel, Sam. Ich wünschte, du würdest dein restliches Leben genauso ernst nehmen. Komm schon, was war in der Schule los?«

Ich persönlich finde eigentlich, dass das nur bestimmte Leute etwas angeht, aber ich wusste, dass Mum mich – genau wie eines dieser armen Kinder, die sie Klienten nannte – in Grund und Boden reden würde, wenn ich ihr nicht zumindest ein paar Kleinigkeiten vom St Thomas's Community College berichtete.

»Alex hat diesen supercoolen neuen MP4-Player bekommen.«

»Alex, der alte Glückspilz.«

»Callum Corcoran und sein Kumpel Animal haben aufgeschraubte Mayonnaise-Tuben auf die Stufen im neusprachlichen Trakt gelegt.«

»Callum ist doch das Kind, das keine Wutbewältigungsstrategien besitzt, oder?

»Könnte man so sagen.« Obwohl es ›totaler Psychopath‹ besser treffen würde.

»Und wie war der Unterricht?«

»Es ging mal wieder um die globale Erderwärmung. Ich hab all die lustigen Sachen zum Besten gegeben, die du mir über dumme Blondinen mit aufgeklebten Fingernägeln erzählt hast, die ihre Kinder mit dem Geländewagen in die Schule fahren. Sogar Miss Stanley hat gelächelt.«

»Ich hoffe, du entwickelst dich nicht zum Klassenclown, Samuel.«

»Ich arbeite daran. Ach, da fällt mir ein, dass ›Ich-sorge-hier-für-die-Unterhaltung‹ bis Montagmorgen das Geld für die *HMS Belfast* will. Sonst können wir nicht fahren.«

Mum warf mir einen Blick zu, mit dem sie normalerweise nur Dad bedachte, wenn er sich mal wieder handwerklich betätigt hatte. »Es liegt seit letzter Woche auf dem Klavier. Steck es sofort in deinen Rucksack, damit du es nicht vergisst.«

»Cool.«

Sie drückte mich sanft und presste ihre Lippen auf meinen Hinterkopf. Vielleicht war ich langsam zu alt für Gutenachtküsse, doch ich mochte den Geruch ihres Parfüms.

»Schlaf gut, mein Schatz. Aber du vergisst nicht, dir die Zähne zu putzen, ja? Dein Atem ist ein bisschen ...«

»Ja, Mum.«

»Und es wäre eine gute Zeit, um deinen Vater anzurufen. Du weißt doch, wie sehr er sich freut, wenn du dich bei ihm meldest. Was meinst du, warum er dir dieses Telefon gekauft hat?«

»Nacht, Mum.«

»Ich hab dich lieb.«

Und *ich* hatte *sie* lieb – mehr als alles andere auf der Welt, aber das, und derselben Meinung ist auch Dad, bedeutete nicht, dass ich das alle fünf Sekunden kundtun musste.

»Ich dich auch«, murmelte ich und wollte mich wieder auf den Weg nach oben machen. »Äh ... Mum?«

»Was ist denn noch?«, sagte sie und zappte gerade *Desperate Housewives* weg. »Du hast doch nicht etwa noch Fragen zu deinen Hausaufgaben, oder?«

»Nein, das ist es nicht. Es ist wegen Großvater.«

»Verstehe.«

Ich hatte mir angewöhnt, ihn so gut wie jeden Tag zu besuchen. Dad wollte, dass ich ein wenig nach dem Rechten sah, während er selbst in den USA war, und außerdem hatte Mum es nicht gern, wenn ich nach Hause kam und niemand da war. Es machte auch Spaß, mit ihm zusammen zu sein – trotz seiner über achtzig Jahre.

10

»Wie geht's dem alten Teufel?«

»Er meint, dass er dieses riesengroße Geheimnis hat. Seine einzige Sorge ist, dass er noch nicht weiß, wie er es mir erzählen soll.«

»Typisch Ray. Er hat schon immer jede Menge See-mannsgarn gesponnen. Sag ihm liebe Grüße, wenn du ihn morgen siehst.«

Mum ließ Großvater des Öfteren Grüße ausrichten, aber sie überbrachte sie niemals selbst. »Ja ... alles klar. Nacht, Mum.«

»Und pass auf, dass du nicht mit deinen Kopfhörern im Ohr einschläfst.«

Selbst ich musste zugeben, dass das ein Wahnsinnsteil war: Das Handy hatte eine Kamera mit 3.2 Megapixel, Videomessaging, Bluetooth und Touchscreen. Mir hätte klar sein müssen, dass es eine Falle war, als Dad es mir gab. »Ich werde dafür sorgen, dass du immer genügend Gut-haben hast«, sagte er. »Dann kannst du mich jederzeit kontaktieren, wenn du mich brauchst. Wir können es das ›Dadphone‹ nennen, so wie das ›Batphone‹ bei Batman.«

Und dann erzählte er mir, dass er abhauen würde, um bei den *Hardmen* mitzumachen. »Das ist etwas, von dem ich schon immer geträumt habe. Zu Hause zu arbeiten ist natürlich sehr bequem, aber ehrlich gesagt hat mich dieser ganze IT-Kram noch nie so furchtbar brennend interessiert. Also haben deine Mutter und ich beschlos-sen, dass ich sechs Wochen unbezahlten Urlaub nehme und mein Glück bei der Veteranen-Welt-Tour versuche. Wenn ich es nicht jetzt tue, dann wahrscheinlich nie mehr.«

Losgegangen war das alles mit dem London-Marathon. Mum hatte ihn zum Mitmachen überredet und von diesem Moment an war Dad infiziert. An den Wochenenden schleppte er uns nach Luton oder Leicester oder sonst irgendwohin und wir standen im strömenden Regen, während er ganz entspannt 42 Kilometer in etwas mehr als vier Stunden lief. Aber mit der Zeit war ihm ein einfacher Marathon nicht mehr genug. Es folgten Triathlon, Quadrathlon, und als wir dachten, es könnte nicht mehr schlimmer werden, entdeckte er die *Hardman*-Tour. »Der Rest ist doch Pipikram«, sagte er. »Wenn ein Mann wirklich herausfinden will, was er draufhat, sind fünf Kilometer Schwimmen, 212 Kilometer Radfahren, eine 48-Stunden-Wanderung in voller Montur und ein Doppelmarathon der einzige Weg, das zu tun.«

Mum meinte, das sei besser, als wenn er sich die Haare färben und mit der Frau von der Sainsbury-Käsetheke durchbrennen würde. Doch selbst Kinder, deren Eltern geschieden waren, gingen mit ihren Vätern jedes zweite Wochenende zum Pizza-Express.

Eigentlich sollte ich Dad jeden Tag anrufen. Das Lustige war, dass ich jetzt, wo er woanders war, nie wusste, was ich ihm erzählen sollte.

»Hi Dad.«

»Hi Sam«, gähnte er. »Was gibt's Neues?«

»Nicht viel.«

»Gut, gut ... das ist ... gut.«

»Wie läuft das Training?«

»Alles bestens. Heute Morgen bin ich zehn Kilometer gelaufen, einfach nur, um locker zu bleiben. Jetzt versuche ich, ein kleines Nickerchen zu machen.«

»Warst du schon auf dem Empire State Building?«

»Das soll wohl ein Witz sein! Ich bin doch nicht zum Vergnügen hier!«

»Nein ... natürlich nicht.«

»Was ist mit dir, Sam? Hältst du dich noch an den Plan, den ich dir gegeben habe?«

Dad glaubte, dass ich für einen *Junior Hardman* in Milton Keynes trainierte. Ich hatte es nicht übers Herz gebracht, ihm zu sagen, dass ich lieber mit der Nase einen Tischtennisball über die Autobahn geschoben hätte.

»Klar, Dad.«

»Guter Junge. Finde heraus, was deine wahre Leidenschaft ist, und halte dein Leben lang daran fest. Das ist der beste Ratschlag, der mir jemals gegeben wurde.«

»Ich habe Großvater heute gesehen.«

Ich wusste, dass er ihm gegenüber immer noch ein schlechtes Gewissen hatte, das hörte ich an seiner Stimme. »Glaubst du, dass er inzwischen etwas glücklicher ist? Hat er die CD bekommen, die ich ihm geschickt habe? Isst er richtig?«

»Letzte Woche sollte ich ihm Fish & Chips mitbringen.«

»Ah, dann bin ich beruhigt. Dein Großvater hat sein Essen immer geliebt.«

»Aber du solltest mal hören, was er für Zeug erzählt. Wieso sprichst du nicht mit ihm, Dad?«

»Er kennt meine Nummer. Ich habe ihm genau so ein Telefon gegeben wie dir.«

»Er kann es noch nicht mal anschalten.«

»Na ja, gut ... ich bin allerdings überzeugt davon, dass er es schaffen würde, wenn er wollte.«

»Ja, aber –«

»Wie geht es deiner Mutter? Versucht sie immer noch bei der Kommune durchzusetzen, dass Tetrapaks endlich recycelt werden? Bestell ihr schöne Grüße, okay?«

»Ich kann sie dir auch geben, wenn du –«

»Nein, nein, ist schon in Ordnung. Ich ruf sie morgen an ... Mach's gut, Sam.«

Ich wollte ihm jedes Mal sagen, wie sehr wir ihn vermissten, dass das Leben einfach nicht mehr dasselbe war, wenn es niemanden gab, mit dem man *Top Gear* gucken und Homer Simpson nachmachen konnte. Aber Dad war jetzt ein Hardman und er wollte nicht, dass ich mich wie ein kleines Kind benahm. Er wollte, dass ich damit zurechtkam.

»Gute Nacht, Dad.«

Es gab noch etwas, das ich Dad nicht sagen konnte. Er hätte sich totgelacht, wenn ich ihm erzählt hätte, was meine wahre Leidenschaft war. Das war nicht etwa mein brandneuer iPod nano – auch wenn Mum meinte, dass ich sie zurücklassen und meinen iPod zuerst retten würde, wenn es bei uns mal brennen sollte – und es war nicht das Chunky-Monkey-Eis von Ben & Jerrys. Nein, meine wahre Leidenschaft und meine absolute Nummer eins in puncto Vor-dem-Einschlafen-Hören war der unvergleichliche Mr Duke Ellington.

Nicht dass ich Leuten wie Callum Corcoran meine Leidenschaft für Jazz der 30er-Jahre auf die Nase binden würde; er war eher der R'n'B-Typ und praktisch der gesamte achte Jahrgang durfte miterleben, auf welche Art und Weise Corky eine Auseinandersetzung über künstlerische Fragen beendete, als Ben W. behauptete,

14

Spiderman 2 sei besser als der erste. Darauf hatte ich keine Lust.

Doch ich glaube, dass Corky die Musik wahrscheinlich sogar gefallen hätte, wenn er jetzt hier gewesen wäre.

Und Großvater hatte recht; die frühen Sachen waren die besten. Sie nannten es damals Dschungelmusik; die großartigen Klänge des Cotton Clubs, mit Duke am Klavier und dem herausragenden Bubber Miley an der Trompete. Großvater beschrieb das Ganze als »drei Minuten reine musikalische Glückseligkeit«. Ich wusste zwar immer noch nicht so genau, was er damit meinte, aber jedes Mal, wenn ich »Rockin' in Rhythm« hörte, breitete sich ganz von selbst dieses Grinsen in meinem Gesicht aus.

Außer in dieser Nacht, da nicht. Jedes Mal, wenn mein Mund versuchte, sich zu einem Lächeln zu verziehen, überkam mich dieses schreckliche Gefühl, dass irgendetwas nicht stimmte. Meine Gedanken wanderten immer wieder zu den blutigen Einzelheiten meines Todes und jedes Mal, wenn ich die Augen schloss, sah ich einen Drachensäbel über meinem Kopf schweben.

Ich warf einen Blick auf meinen Stundenplan und versuchte mich davon zu überzeugen, dass das alles einfach nur ein saublöder Scherz war. Unser Zwei-Wochen-Plan wirkte immer etwas verwirrend, doch ich war mir ziemlich sicher, dass wir auf das Ende von Woche eins zugingen, was bedeutete, dass ich Sozialkunde *hatte* – Freitagmorgen in der zweiten Stunde. Das konnte Zufall sein, oder? Aber was, wenn der Imperator und Ollyg78 mich wirklich kannten? Wer waren die beiden? Und wieso schienen sie mich so sehr zu hassen?

Ich spähte raus auf die verlassene Straße und hielt Ausschau nach Mördern, die sich hinter Mülltonnen versteckten, oder Spionen an der Bushaltestelle. Mum sagt immer, dass ich eine blühende Fantasie habe, doch es hätte mich nicht gewundert, wenn sie da draußen gestanden und mich beobachtet hätten.

Freitag

(Woche eins)

8.30 Uhr
Als ich am St Thomas's angefangen habe, hatte Mum darauf bestanden, mich immer am Haupttor rauszulassen. Im Laufe der achten Klasse hatte ich sie dann endlich davon überzeugt, dass es ihre Fahrt zur Arbeit um einiges erleichtern würde, wenn ich unten am Hügel ausstieg.

»Tschüss, mein Schatz. Viel Spaß in der Schule!«

»Ciao, Mum! Viel Glück mit deinem Schulphobiker.« Und bevor sie noch auf die Idee kam, sich zu mir rüberzubeugen und mir einen Kuss zu geben, sprang ich auf den Gehweg und reihte mich in den Haufen blauer Sweatshirts ein, deren Träger nicht nur ihr Körpergewicht, sondern auch ihre Rucksäcke hoch zur Schule schleppen mussten.

Ich hatte mich seit gestern Abend wieder etwas beruhigt. Mir war klar, dass ich nicht so beliebt war wie Gaz

16

Lulham oder Pete Hughes, aber wenigstens lachten die anderen Leute über meine dummen Witze.

Ich konnte mir nicht vorstellen, dass mich jemand aus der achten Klasse wirklich hasste.

Trotzdem war ich froh, als ich meinen besten Freund entdeckte, der vor mir hertrödelte – das Handy in der einen, seine neue E-Gitarre in der anderen Hand.

»He ... Lex ... warte!

Alex und ich kannten uns eigentlich schon ewig. Im Kindergarten haben wir zusammen im Sandkasten rumgehangen und unsere Eltern haben sich ständig zum Grillen getroffen – bis Mr Pitts Facebook entdeckt hatte.

»Hey Lex, warum warst du gestern Abend nicht online?«

»Dad wollte, dass wir seine neue Freundin kennenlernen.«

»Und, wie ist sie?«

»Besser als die letzte, immerhin hat sie nicht versucht, gleich auf beste Freundin zu machen.«

»Hat sie Kinder?«

Er starrte ziemlich bedrückt auf sein Handy. »Zwei Mädchen.«

Kein Wunder, dass er deprimiert aussah. »Tut mir echt leid.«

»Molly hatte einen Riesenspaß. Die Jüngere war in ihrem Alter. Sie haben die ganze Zeit irgendwelche Stofftiere angezogen und sie in einem Plastikboot hin und her geschoben.«

»Und die andere?«

Lex hörte einen Moment auf, seine Nachricht zu tippen. »Die war ganz in Ordnung, glaub ich.« Aber ich wusste, dass er nur gute Miene zum bösen Spiel machte; seine Ohren wurden immer knallrot, wenn er sich über irgendetwas aufregte.

»Und was hast du dann den ganzen Abend getrieben?«

»Das willst du nicht wissen.«

»So schlimm?«

Er nickte finster. Ich stellte mir vor, wie der arme Lex mit müden Augen vor den neuen *Sims* hockte oder zu *SingStar* rumhüpfen musste. »Mach dir nicht so viele Gedanken; wahrscheinlich hat dein Vater nächste Woche schon wieder eine neue Facebook-Freundin gefunden.

»Ha, ha.«

Leider verstand Alex nicht allzu viel Spaß, wenn es um die Freundinnen seines Vaters ging.

»Hey Lex, wie nennt man einen intelligenten Toilettenbesucher?«

»Hä?«

»Klugscheißer!«

Nicht das kleinste Grinsen. Es musste schlimmer sein, als ich gedacht hatte – er sah den ganzen Weg bis zum Haupttor nicht ein Mal von seiner Nachricht auf. Da Handys und MP3-Player in der Schule streng verboten waren, kam es vor dem Tor immer zum Stau, weil jeder sein Telefon auf Vibration stellte und in die Tasche steckte.

Was nun folgte, hasste ich am meisten: der irre Ansturm auf die Eingänge, die beiläufigen Tritte, die älteren Schüler, die rumpöbelten, und der dicke Kloß von der Größe eines Tennisballs in meinem Hals. Ich hatte kein Problem damit zuzugeben, dass ich in den ersten Wochen nur einen Hauch davon entfernt war, das zu

18

tun, vor dem Dad mich gewarnt hatte. »Um Himmels willen, du wirst doch wohl nicht heulen«, hatte er gesagt und noch ein Foto von mir in meiner neuen Schuluniform gemacht. »Ein Junge aus meiner Schule hat an seinem ersten Tag geheult – den haben sie noch bis zum letzten Tag der Oberstufe ›der Typ, der geheult hat‹ genannt.«

Jetzt, wo ich in der achten Klasse war, hatte ich es ganz gut im Griff. Dad sagte immer, St Thomas's erinnere ihn an ein hochmodernes Gefängnis, aber solange man seinen Kopf unten behielt, war es gar nicht mal so schlecht.

»Oh, sieh mal einer an«, brüllte eine vertraute Stimme. »Wenn das nicht Kasper und Riesenohr sind.«

Callum Corcoran und sein Kumpel Animal tauchten vor dem Informatikraum auf und ließen ihre Rucksäcke wie Helikopterblätter um ihre Köpfe kreisen. Ich versuchte, möglichst unbeteiligt zu tun, aber Alex' Ohren hatten schon wieder mit ihrer Verwandlung begonnen.

»Sorry, Kumpel«, sagte Animal, als sein Rucksack gegen Alex' Kopf schlug, »hab dich nicht gesehen.«

Callum Corcoran kreischte wie ein wild gewordener Affe. »Was? Bei diesen Löffeln? Bist du blind oder was?«

»Ey Leute«, sagte ich und bemerkte trotz der neuen Designerbrille die Angst in Alex' Augen. »Ich habe einen neuen Witz für euch.«

»Oh, cool, erzähl!«, sagte Callum und klang so begeistert wie einer der Juroren bei X-Factor.

Also erzählte ich ihn. Und zum Glück fand er ihn viel lustiger als Alex. Animal brach schon zusammen, als er nur das Wort »Toilette« hörte, und Callum bewegte seine Arme wie ein Rapper. »Ey, Gazzer, das musst du hören.«

19

Die Ohren meines besten Freundes nahmen langsam wieder ihre normale Farbe an. »Alles okay bei dir, Lex?«

»Was soll mit mir sein?«

»Du wirkst ein bisschen ... ich weiß nicht.«

»Alles in Ordnung, klar? Er rückte seine Brille zurecht und bewegte sich langsam Richtung Foyer.

»Wohin gehst du?«

»Muss meine Gitarre in den Musiktrakt bringen.« Er drehte sich zu mir um, als die Türen vor ihm aufglitten. »Sam ...?«

»Ja.« Es war, als wollte er mir irgendwas sagen.

»... nichts.«

»Was ist los? Ist irgendwas ...« Aber die automatischen Türen hatten ihn schon geschluckt. Armer, alter Lex – er war kurze Zeit nicht er selbst gewesen. Mum sagt immer, dass es für viele Kinder schwierig ist, sich an neue familiäre Situationen zu gewöhnen. Ich musste mir nur irgendeinen cleveren Plan überlegen, mit dem ich ihn wieder aufheitern konnte.

Doch das musste warten. Der nagende Gedanke, den ich für ein paar Stunden erfolgreich verbannt hatte, machte sich wieder bemerkbar. Es waren noch genau 75 Minuten bis Sozialkunde. Was, wenn meine Internetmörder sich mir persönlich vorstellen würden? Was, wenn sie kamen, um mich zu holen?

9.55 Uhr

Ich wandte mich zum Rest der Klasse um und erwartete schon fast, dass irgendetwas passieren würde. Aber niemand schien mir Böses zu wollen, und als Mr Catchpole sich an der Tafel zu schaffen machte, hatte ich das Gefühl, dass alles in Ordnung war.

»Cooles Jackett, Sir. Haben Sie das vom Cancer Shop?«

»Ja, danke, Chelsea. Ich sorge hier für die Unterhaltung.«

Catchpoles Standardspruch sorgte für großes Gejohle.

»Jetzt beeil dich und verteil diese Arbeitsblätter. Ich würde gerne fortfahren.«

»Was machen wir heute, Sir?«, fragte Callum Corcoran, knüllte sein Arbeitsblatt zusammen und warf es in Alex' Richtung. »Nicht wieder Pubertät, oder?«

Animal brach bei der bloßen Erwähnung des Wortes »Pubertät« beinahe vor Lachen zusammen.

»Und keine globale Erderwärmung«, sagte Chelsea. »Ich hasse globale Erderwärmung!«

»Das ist genau der Punkt«, sagte Pete Hughes und fuhr sich mit der Hand durch sein sorgfältig gegeltes Haar.

Mr Catchpole schlug mit der Faust auf den Tisch. »Könntet ihr jetzt bitte einfach mal still sein! Bevor wir loslegen – wer hat an sein Geld für die *HMS Belfast* gedacht?«

Ich war der Einzige, der die Hand hob.

»Man könnte meinen, ihr anderen wollt nicht mit.«

»Ich freue mich wirklich riesig drauf, Sir«, sagte ich und kramte in meinem Rucksack nach dem Umschlag. »Mein Großvater war bei der Marine. Er hat eine Kriegsverletzung und all so was.«

»Vielen Dank für diesen reizenden Einblick in deine Familiengeschichte, Samuel, aber ich versuche hier gerade, euch etwas beizubringen.«

»Keine Sorge, Sir«, kicherte Callum Corcoran. »Das werden sie irgendwann auch noch lernen.«

»Genau, und so stelle ich mir die Stunde vor: Zuerst sprechen wir das Arbeitsblatt durch und dann machen wir ein Rollenspiel«, (großes Gestöhne), »und abschließend zeige ich euch noch ein paar Videos.« (Ironisches Gekicher) »Also, wer kann mir sagen, was man unter Mobbing versteht? *Irgendwer?* Okay, Tristram, dann fangen wir mit dir an.«

Animal legte seinen kleinen Finger an den Mund wie Doctor Evil. »Mobbing ist, wenn dich irgendwelche Leute total nerven und du ihnen irgendwie, aus Versehen, eine klatschst.«

»Ja, schön, wenn ihr denkt, dass das eine so lustige Angelegenheit ist, denn Mobbing ist eigentlich ein sehr ernstes Thema.«

»Ich dachte, *Sie* wären der Einzige, der für die Unterhaltung sorgt, Mr Catchpole«, kam eine Stimme von hinten.

»Okay, dann jemand anders. Ja, du!«

Offensichtlich wusste er ihren Namen nicht, was allerdings auch nicht weiter verwunderlich war – niemand hatte Abby das ganze Jahr über mehr als ein paar einzelne Sätze sprechen hören. Sie verbrachte die meiste Zeit mit Lesen oder Klarinetteüben. Ich kannte sie nur, weil sie neben mir im Schulorchester saß. Einmal hatte ich versucht, sie zum Lachen zu bringen, indem ich meinte, dass sie mich an eine dieser Nonnen erinnere, die ein Schweigegelübde abgelegt haben. Sie hat mich nur angeguckt, als wäre ich verrückt oder so was.

22

»Na los, wir haben nicht den ganzen Tag Zeit.«

Die Röte breitete sich auf Abbys Gesicht aus wie eine Landkarte von Russland. Sie verschränkte die Arme vor ihrer Brust und starrte auf den Tisch. »Mobbing ist, wenn jemand ...«

»Herrgott noch mal, sprich bitte lauter. Das ist ein Klassenzimmer und kein Flüstergewölbe.«

Das russische Reich dehnte sich weiter über ihren Nacken aus.

»Es ist, wenn jemand Macht über einen anderen haben will und fast alles dafür tun würde, um das zu erreichen.«

Mr Catchpole nickte widerwillig. »Als Arbeitsgrundlage ist diese Definition gar nicht mal so schlecht. Also, Mobbing.« Er schrieb das Wort an die Tafel.

»Als *ich* zur Schule ging, war das oft eine Frage des Einschüchterns – einem anderen Schüler das Mittagsgeld abknöpfen, so was in der Art. Aber das hat sich inzwischen alles geändert ...«

»Bei uns gibt es kein Mittagsgeld mehr«, sagte Chelsea. »Wir müssen Karten durchziehen.«

»Und Queen Victoria ist tot, Sir.«

»Ja, danke, Callum. Ich sorge hier für die Unterhaltung.«

Erneutes Gejohle.

»Mobbing im 21. Jahrhundert hat ganz andere Dimensionen erreicht. Nehmt nur mal das Internet ...«

Mr Catchpole ging eine lange Liste von Mobbingtechniken mit uns durch – an einige hatte wahrscheinlich selbst Callum Corcoran im Traum noch nicht gedacht. Abgesehen von seinem Standardspruch war der alte Catchpole wirklich ein ziemlich lahmer Redner (eigentlich konnte ich mich nicht daran erinnern, dass er überhaupt *jemals* etwas Lustiges gesagt hatte) und schon bald ertappte ich mich dabei, wie ich über Großvaters großes Geheimnis nachdachte; ich fragte mich, ob er mir Geld oder den Anteil an einem Rennpferd oder irgend so etwas hinterlassen würde.

»... es kann sein, dass man anders spricht, oder einfach nur die Hautfarbe ...«

Egal, jetzt, wo ich mir relativ sicher war, dass diese Imperator-Sache nicht mehr als eine kleine Verarschung gewesen sein konnte, musste ich mir wahrscheinlich keine allzu großen Sorgen machen. Jemand wie ich passte nicht in Catchpoles Liste potenzieller Opfer. Traurig für Alex, denn er schien einige Kriterien zu erfüllen (kleiner als der Durchschnitt und Brillenträger). Vielleicht gar nicht so doof, dass er zum Gitarrenunterricht gegangen war.

»Okay, wenn ihr euch Notizen gemacht habt, beginnen wir mit einem Rollenspiel.«

Abby sah nicht gerade begeistert aus, als sie das Opfer spielen sollte, sie blinzelte wie verrückt mit den Augen und wickelte sich eine Strähne ihres dünnen Haars um den Zeigefinger. Callum hingegen ging voll in seiner Rolle als Mobber auf. Er umkreiste seine Beute, als hätte er nie etwas anderes getan, und verfiel mit seiner eigenartig tiefen, gelegentlich sogar piepsigen Stimme in einen Singsang: »Habt ihr schon meine neue bunte Zahnspange gesehen, uhhhhh!«

Ich sollte der »Rumsteher« sein und hatte meinen eigenen Merksatz bekommen: »Steh nicht nur rum, sondern steh mir bei.« Ich hatte keine Ahnung, wie ich das machen sollte, also stand ich da wie ein Drops und grinste nur blöd.

»... und du bist ein richtiges Mastschwein«, fuhr Callum fort. »Wusstest du das, Abigail? Ha, ha, ha, ha ...«

Und das war der Moment, in dem Abby hätte Danke sagen oder ihrem Peiniger ein bestimmtes (aber nicht aggressives) Nein entgegensetzen sollen. Leider wurde sie nur noch röter.

»Und ihre Mutter ist eine Schlampe«, mischte sich Chelsea ein.

Abby versuchte, die Tränen zurückzuhalten. Ich wusste, dass sie das tat, weil sie sich auf die Unterlippe biss – genau dasselbe hatte mich vom Heulen abgehalten, als ich im ersten Jahr auf dem St Thomas's verloren gegangen war. Wenn ich nicht bald etwas tat, würde es noch vor der ersten großen Pause Tränen geben.

»Hey Corky«, schrie ich. »Warum rollt die Toilette den Berg runter?«

Callum starrte mich an wie eine Katze, die plötzlich die Wahl zwischen zwei Mäusen hat. Es wurde totenstill im Raum (nur Animal kicherte los, als er das Wort »Toilette« hörte) und ich wünschte, ich hätte meine große Klappe gehalten.

»Warum rollt die *was*?«

»Äh ... warum rollt die Toilette den Berg runter?« Callum ließ seine Finger knacken und ich knallte ihm die Pointe um die Ohren. »Um an den Arsch der Welt zu kommen!«

Ich hielt den Atem an und betete, dass Callum seinen Sinn für Toilettenhumor nicht verloren hatte. Beim ersten Laut seines Maschinengewehrlachens – »Ha, ha, ha, ha, ha, ha, ha« – realisierte ich, dass ich am Leben bleiben und einen weiteren Tag überstehen würde.

Schon bald hatte die ganze Klasse in sein Lachen eingestimmt – alle außer Abby, die dankbar zu ihrem Platz zurückschlich, und einem ähnlich rotgesichtigen Mr Catchpole.

»Ruhe ... Ruhe bitte! Für heute reicht es mit den Albernheiten. Und du, Samuel Tennant, solltest eigentlich wissen, dass ich hier derjenige bin, der ...«

Und wir alle fielen mit ein in seinen Standardspruch.

Die Videos waren ziemlich langweilig. Zuerst erzählten ein paar Promis, wie sie in der Schule gehänselt worden waren, dann wurde die miserabel gespielte Sequenz eines Jungen namens Albert gezeigt, der fertiggemacht wurde, weil er einen grottenschlechten Fußballspieler abgab. Ich war kurz davor, vor Langeweile zu sterben, als ich spürte, wie mein Handy vibrierte. Das musste Alex sein, der mir aus seinem Gitarrenunterricht eine SMS schickte – wahrscheinlich um sich dafür zu entschuldigen, dass er heute Morgen so empfindlich gewesen war.

Mr Catchpole war so vertieft in das Video, als wäre *Berties mieser Tag* ein oscarprämierter Spielfilm. Ich griff unauffällig in meine hintere Hosentasche und warf einen verstohlenen Blick auf das Handy. Die Nachricht war kurz und knapp, doch sie war nicht von Alex.

Sei bereit für deinen Untergang

10.55 Uhr

»Was ist los?«, fragte Alex. »Schmeckt das irgendwie komisch?«

»Hä?«

»Dein Käse-Tomaten-Panini; ich dachte, du stehst auf so was.«

»Keinen Hunger«, sagte ich, während ich meinen Blick durch die Schulcafeteria schweifen ließ und mich fragte, ob die Person, die mir diese Nachricht geschickt hatte, gerade eine Portion Nudeln runterschlang und sich dabei königlich über mich amüsierte. Wir aßen eigentlich immer in der ersten großen Pause Mittag, weil ich bis zur zweiten Pause um halb zwei längst verhungert wäre. Aber heute war mir überhaupt nicht nach Essen zumute. »Kannst du haben, wenn du willst.«

»Nein danke, ich muss in einer Minute los.«

»Musst du gar nicht, oder?«

Alex grinste und warf sich seinen neuen Reebok-Rucksack über die Schulter. »Schachclub. Da gehe ich jeden Freitag in der ersten Pause hin.«

»Ach ja ... stimmt.«

»Was ist los, Sam? Alles okay bei dir?«

Ich wollte es ihm erzählen, wirklich, aber Dad sagte immer, dass man es niemanden wissen lassen sollte, wenn man Angst hatte; dann warst du gleich ein Weichei. Und wovor sollte ich überhaupt Angst haben? Es war ja wohl ziemlich offensichtlich, dass der Verkünder meines Untergangs irgendjemand aus Sozialkunde war, der die neuesten Mobbing-Techniken ausprobierte. Das versuchte ich mir zumindest einzureden. Immerhin hat-

27

te ich es bis zum Mittagessen geschafft, ohne tot vom Stuhl zu fallen, oder?

Gleichzeitig wollte ich nicht, dass Alex schon ging. Und obwohl ich Fußball eigentlich nicht ausstehen konnte, versuchte ich, ihn mit seinem Lieblingsthema zu kriegen: »Wie läuft's denn gerade so für Man U?«

»Wahre Fans nennen uns nicht Man U. Wir sind United oder The Reds, aber niemals Man U, okay?«

»Entschuldige, dass ich den Mund aufgemacht habe.«

Alex schielte nervös auf einen Neuntklässler mit Stachelfrisur, der sich an den Getränkeautomaten herumdrückte. »Ich muss jetzt wirklich los. Wir sehen uns später.«

Normalerweise verbrachte ich den Rest der Pause damit, über den Schulhof zu latschen, mich an langweiligen Gesprächen über die letzte Doctor-Who-Folge zu beteiligen oder bei irgendwelchen blöden Spielchen mitzumachen. Doch an diesem Morgen hatte ich auf gar nichts Lust. Vielleicht gab es da draußen wirklich jemanden, der mich abgrundtief hasste. Vielleicht, aber wirklich nur vielleicht, hatten mir Ollyg78 oder der Imperator diese Nachricht geschickt.

Ich saß über meinem lauwarmen Panini und versuchte mich selbst davon zu überzeugen, dass mein Verhalten ziemlich albern war. Doch ich musste immer wieder daran denken, was Großvater gesagt hatte, als sie meinten, er wäre in einem Seniorenheim besser aufgehoben: »Nur weil ihr paranoid seid, heißt das noch lange nicht, dass nicht wirklich jemand hinter euch her ist.«

»Autsch! Was war ...?«

Ich weiß nicht, was zuerst kam – der heftige Schlag

28

gegen meinen Kopf oder das laute Gejohle. Alles, woran ich mich erinnere, ist das widerliche Gefühl, dass etwas Warmes, Klebriges meine linke Wange hinunterlief. Plötzlich sah ich rot. Und ... »Ach du Scheiße, ich blute!«

Ich wühlte in meinen Taschen, um irgendetwas zu finden, womit ich das Blut abwischen konnte, aber alles, was ich in die Finger bekam, war der Brief für den *HMS Belfast*-Trip (Reiseproviant, höchstens drei Pfund für den Souvenirshop, keine Lebensmittel, die Nüsse enthielten) und ein geschmolzenes Schokobonbon. Also musste ich die Wunde mit dem Ende meiner Krawatte abtupfen.

Und dann roch ich Essig. »Moment ...« Meine blauweiß gestreifte St-Thomas's-Krawatte schien plötzlich einen roten Streifen dazubekommen zu haben. Und als ich diesen mit der Zungenspitze berührte, stellte ich fest, dass das überhaupt kein Blut war, sondern ... »Ups ... Tomatensoße.«

Ich kann gar nicht sagen, wie erleichtert ich war. Eigentlich herrschte gerade Waffenstillstand, aber der Ketchupkrieg der Neunten schien in eine neue Runde gegangen zu sein. Mein Glück, genau in der Schusslinie zu sitzen.

Doch das Gefühl der Erleichterung hielt genau zwei Sekunden an. Callum Corcoran grinste wie einer dieser dämlichen Fernsehansager aus dem Kinderprogramm und zeigte mit seinem Finger auf meinen Kopf.

»Guckt euch den an! Ha, ha, ha, ha, ha, ha. Was ist los, Sam? Hast du deine Tage? Wusste gar nicht, dass du schon in der Pubertät bist!«

Animal schüttelte sich vor Lachen, als er das Wort »Tage« hörte.

29

Mein Gesicht war wie festgefroren bei dem Versuch zu lächeln. »Ich habe nur ... Na ja, ich war ...« Wenn ich nicht ganz schnell aus dieser Nummer rauskam, hatte ich beste Chancen, »der Typ, der geheult hat« zu werden.

Callum kam bedrohlich auf mich zugeschritten und schüttelte eine volle Coladose. »Ey Sam, hast du noch mehr Witze auf Lager?«

»Ja«, sagte Animal, »erzähl uns noch einen!«

Unter dem Tisch tastete ich panisch nach meinem Rucksack. »Nein, tut mir leid, ich ...«

»Na los«, sagte Callum. »Wir hätten gerne noch etwas zu lachen.«

Wenn ich es nicht so verdammt eilig gehabt hätte, wegzukommen, hätte ich vielleicht die Sporttasche gesehen, die sich wie von selbst um meinen Fuß gewickelt und mich zum Sturz gebracht hatte – wie diesen Fußballer, den Alex so toll fand. Ich kroch die letzten Meter bis zur Tür und stolperte dankbar in den Flur – und wünschte mir nichts sehnlicher, als ein Zeitreisender zu sein, der ein kleines Stück in die Zukunft sprang und um halb vier wieder auftauchte.

Doch wie Großvater immer zu sagen pflegte: »Du solltest vorsichtig sein mit dem, was du dir wünschst.«

15.30 Uhr

»Alles einsteigen«, brüllte Barry, der Busfahrer, als die Elftklässler die Stufen hochstürzten. »Kein Spucken, Treten, Beißen oder Augenauskratzen. Klappmesser und Kalaschnikows sind strengstens verboten. Und möge der Beste – oder die Beste – gewinnen.«

Aus meinem iPod dröhnte »Mood Indigo« (die Aufnahme von 1930), während ich mich zwischen den Büschen herumdrückte und wartete, bis sich alle hingesetzt hatten. Es mochte auf den ersten Blick ziemlich willkürlich erscheinen, doch jeder hatte seinen festen Platz. Von Callums älterem Bruder Luke und seinen pickeligen Freunden in der hintersten Reihe, über Gaz Lulham und Pete Hughes in der Mitte bis hin zu mir, Alex und ein paar Mädchen aus der siebten Klasse hatte sich die Hackordnung so etabliert wie in Mums Hühnerstall – und wehe der unglückseligen Henne, die versuchte, aus der Reihe zu tanzen.

Für einen kurzen Moment herrschte Ruhe, als Handys angeschaltet und Nachrichten gecheckt wurden. Ich schlüpfte schnell in den Bus und ließ mich neben Alex in den Sitz fallen.

»Beobachtet mich irgendwer?«

»Kein Grund, so zu schreien. Was hörst du denn? Aber nicht wieder dieses Jazz-Zeug, oder?«

»Beobachtet mich irgendwer?«

»Was zum Teufel ist denn los mit dir? Du hast dich schon den ganzen Nachmittag so merkwürdig benommen.«

»Sieh dich nur mal schnell um, ja? Starrt mich irgendwer an?«

Alex drehte sich um und warf einen Blick nach hinten. »Ach ... du ... *Scheiße*!«

»Was?«

»Luke Corcoran hat ein riesiges Fernglas in der Hand und hält es genau auf dich gerichtet.«

Lex hatte nicht mehr so gelacht, seit wir zum

Spaß bei irgendeiner Hausfrauen-Hotline angerufen hatten.

»So lustig ist es nun auch wieder nicht.«

Barry, der Busfahrer, zog seine Sonnenrollos runter und gab über die Lautsprecher seine alltägliche Elvis-Presley-Vorstellung: »Vielen Dank, meine Damen und Herren. Wären Sie nun so freundlich, Ihre Sicherheitsgurte anzulegen?«

»Starrt mich wirklich niemand an?«

»Wieso sollte das irgendjemand tun?«

»Ach, egal«, sagte ich und entspannte mich ein wenig. Doch vorsichtshalber rutschte ich noch etwas in meinem Sitz nach unten. Man konnte schließlich nie wissen. »Immerhin habe ich ...«

Alex grinste und tippte eine SMS. »Bist du später online?«

»Wahrscheinlich nicht ... muss Klarinette üben.«

»Warum denn nicht? Das dauert doch nur drei Minuten ...«

Aus irgendeinem Grund wollte ich ihm nicht von gestern Abend erzählen. »Ja ... na ja, mal sehen ... und du?«

»Wahrscheinlich nicht. Mum ist so sauer wegen Dads neuer Freundin, dass sie mit uns eine DVD gucken will.«

Ich stellte mir vor, wie Alex während der besonders verstörenden Szenen von *High School Musical* hinter dem Sofa kauerte.

»Ach, wart's ab; dein Dad hat doch eh bald wieder genug von ihr.«

»Nein«, sagte er finster, »diese ist anders.«

Ich bemühte mich, nicht zu lachen. »Ja, klar.«

»Er meint, dass er sie liebt«, entgegnete Alex und tippte noch schneller auf seinem Handy rum.

»Wenn du mich fragst, ist Weihnachten alles vorbei.«

»Tja, habe ich aber nicht, oder?«

Es war unmöglich, vernünftig mit ihm zu reden, wenn er so war. Hatte Lex sich erst mal in einer Sache festgefahren, konnte er ziemlich störrisch sein. Also drehte ich »It Ain't What You Do (It's The Way That You Do It)« lauter und überlegte, was ich für Großvater besorgen könnte. Mit ein wenig Glück würde er mich an seinem Geheimnis teilhaben lassen.

Ich fühlte mich inzwischen wieder viel mehr wie mein altes Ich. Der Zwischenfall in der Cafeteria würde Großvater sicherlich erheitern und seit der Sozialkundestunde hatte ich keine weitere SMS mehr erhalten. Vielleicht war jetzt alles vorbei.

Es hatte gerade erst angefangen.

Zwei Minuten bevor ich aussteigen musste, kam ein Papierflieger angesegelt und landete genau vor meinen Füßen. Gerade als ich ihn zurückwerfen wollte, sah ich, dass auf dem Rumpf in kleinen roten Buchstaben geschrieben stand: *Veilchen sind blau und Rosen sind rot, doch Chickenboyz stinken und sind schon bald tot.*

Mfg, Ollyg78 und der Imperator.

16.05 Uhr

Großvater nannte es die *Abflughalle*, aber auf dem Schild stand *Lavendel-Lounge*. Ich fand, dass es überhaupt nicht nach Lavendel roch, sondern nur nach gekochtem Kohl und Desinfektionsmittel.

»Hallo, Sam«, sagte Paula, Großvaters Lieblingspflegerin. »Komm doch runter in die Küche und ich mixe dir ein schönes Getränk und dazu gibt's ein KitKat.«

»Danke«, sagte ich, weil ich es nicht übers Herz brachte, ihr zu gestehen, dass ich wirklich kein Orangensaftkonzentrat mehr mochte und meine Mum mir verboten hatte, Nestlé-Produkte zu essen. (Es hatte irgendetwas mit einem Milchpulver-Skandal zu tun, bei dem unzählige Kinder in armen Ländern gestorben waren.)

Wir schritten durch eine Ehrengarde aus alten Damen, die Decken mit Schottenmuster über ihrem Schoß ausgebreitet hatten und eine TV-Show verfolgten.

»Ich weiß auch nicht, was in deinem Großvater vorgeht. Tipp, tipp, tipp – die ganze Nacht hat er getippt. Zum Glück sind hier alle taub.«

»Was ist denn los mit ihm?«

Paula zuckte die Schultern und führte mich in die Küche. »Wenn ich das wüsste. Ich habe versucht, ihn zu foltern und all so was, aber er will nicht damit rausrücken.«

Mein höfliches Lächeln zeigte sich eher in Form eines besorgten Stirnrunzelns.

»Alles okay mit dir, Sam?«, fragte sie und musterte mich intensiv, während sie sich über ihr Doppelkinn strich. »Du scheinst ein bisschen ... bedrückt.«

»Mir geht's gut, es ist nur ...«

»Du kannst mir alles erzählen, das weißt du. Ich beiße nicht.«

Ich tastete in meiner Hosentasche nach den Überresten des zerknüllten Papierfliegers. »Nein ... ist schon in Ordnung.«

Sie reichte mir einen Becher mit blasser Orangenflüs-

34

sigkeit und ein KitKat auf einer gestreiften Untertasse. »Voller Geheimnisse, deine Familie, was?«

»Sind wir das?«

»Sieh mal, wenn du es mir nicht erzählen kannst, solltest du vielleicht mit deinem Großvater sprechen. Er hält große Stücke auf dich, weißt du? Warum sagst du ihm nicht, was in dir vorgeht?«

Großvater starrte auf die leere Parkbank unterhalb seines Fensters. Er hatte diesen irren Blick in seinen Augen. »Er ist irgendwo da draußen. Ich weiß es!«

»Nicht schon wieder.«

»Bitte sieh einmal für mich nach, ja? Sei ehrlich – beobachtet mich jemand?«

Ich warf einen kurzen Blick nach draußen, damit er zufrieden war. »Nein, Großvater, niemand beobachtet dich.«

»Dann ist ja alles gut.« Blitzschnell hatte er sich wieder in den alten Großvater verwandelt, den ich kannte und liebte. »Na, was hast du da Schönes für mich?«

»Du hast Glück, es war die letzte.«

»Guter Junge. Ich wusste, du würdest mich nicht hängen lassen.«

Wir gaben uns die Hand. Großvater missbilligte die »öffentliche Zurschaustellung männlicher Zuneigung im 21. Jahrhundert«. Normalerweise hatte er meine Hand jedes Mal fast zerquetscht, doch seit seinem »lustigen Umzug« in das Seniorenheim war sein Griff etwas sanfter geworden.

»Wie geht es dir, Großvater?«

»Ach, weißt du«, sagte er und humpelte zu dem

35

Schrank, um sich Besteck zu holen, »ich sitze immer noch aufrecht und bin hart im Nehmen.«

Er musste etwa zwanzig Jahre älter als Alex' Großvater sein, und obwohl er fast schon eine prähistorische Erscheinung war, gab es jede Menge, worüber wir reden konnten. Ich entdeckte die alte Schreibmaschine auf seiner Frisierkommode und den Papierkorb, der von zusammengeknüllten A4-Blättern überquoll. »Hast du wieder geschrieben, Großvater?«

Er schüttelte den Kopf und begann, die Pastete zu zerteilen, die ich ihm gekauft hatte. »Dieses Mal nicht, mein Junge.«

Er schrieb ständig Leserbriefe an die *County Times*. Im letzten hatte er sich über die »5-Teile-und-darunter-Schilder« im Supermarkt beschwert (... es muss – wie jeder Schuljunge weiß – 5 Teile und *weniger* heißen).

»Paula sagt, du tippst die ganze Nacht.«

»Du glaubst ja gar nicht, wie sehr ich mich darauf gefreut habe«, sagte er, während er sich den ersten Bissen auf der Zunge zergehen ließ. »Das Essen hier ist schlimmer als im Krieg.«

»Es hat aber nichts mit dieser ... *Sache* zu tun, die du mir erzählen willst, oder?«

»Pssst! Es könnte dich jemand hören.«

»Also hat es etwas damit zu tun.«

»Kann ein alter Mann nicht einmal in Ruhe ein schönes Stück Pastete genießen? Jetzt setz dich doch mal hin! Und wenn ich dann diese wunderbare Delikatesse hier verspeist habe, denke ich darüber nach, ob ich dich in Kenntnis setze.«

Großvaters massives Bett ächzte vor Schmerz, als

ich in die Patchworkdecke sank, die Großmutter während ihres letzten Krankenhausaufenthalts gemacht hatte. Manchmal spielte ich in Gedanken Sherlock Holmes und versuchte herauszufinden, welche Dinge aus ihrem alten Haus in Brighton stammten: die afrikanischen Figuren, die Großvater vom Ju-Ju-Mann bekommen hatte, Großmutters Sammlung kleiner Teekannen, ein Foto von Dad, als er noch Haare hatte, und ein Gemälde vom Palace Pier, das über dem Kamin in dem kleinen Gäste-Schlafzimmer gehangen hatte, das auch immer so etwas wie mein Zimmer gewesen war.

Großvater rülpste zufrieden und hievte sich hoch. »Es ist etwas, das ich niemandem erzählt habe, Sam, noch nicht mal deiner Großmutter.«

»Aber was?«

Seine alten Knochen knackten entsetzlich, als er sich vor der Frisierkommode nach unten beugte und die unterste Schublade hervorzog. »Ich dachte, dass ich nicht erzählen könnte, ohne ...« Er nahm einen abgenutzten blauen Aktenordner heraus und versuchte, die Schublade mit seinen Schlappen wieder zuzuschieben. »Ich dachte, du würdest es besser verstehen, wenn ich es alles niederschreibe.«

»Was verstehen?«

Er ließ sich in seinen Stuhl fallen und seufzte erleichtert. »Hier, nimm das lieber, bevor ich es mir wieder anders überlege.«

Auf die Vorderseite des Ordners war mit Tesafilm ein verblichenes Foto dreier Männer in Seemannsuniform geklebt. Und unter dem Titel, *Das Abrutschen vom Rand der Welt,* befand sich ein handgeschriebener Vermerk, der mit *Lieber Sam* begann.

»Wer sind diese Männer?«, fragte ich und stellte fest, dass sich mindestens zwanzig Seiten in dem Ordner befanden. Wollte er, dass ich die alle las?

»Dieser attraktive Typ links bist natürlich du. Aber wo ist deine Kriegsverletzung?« (Großvater hatte eine coole Action-Man-Narbe unter seinem linken Auge.)

»Das Bild wurde in Alexandria aufgenommen. Ein paar Tage bevor wir … bevor wir …«

Manchmal war er total überwältigt von seinen Gefühlen, wenn er über den Krieg redete.

»Was ist mit den anderen beiden?«

»Das ist Sharky Beal«, sagte er und zeigte mit seinem zitternden Finger auf den Seemann mit den buschigen Augenbrauen und dem traurigen Blick. »Er war ein bisschen aufbrausend, weißt du? Und der in der Mitte, das ist mein alter Kumpel Tommy, Tommy Riley.«

»Wirklich?«

»Tommy war ein echter Norwich-Bursche. Wir haben uns von Anfang an gut verstanden. Es könnte natürlich eine nicht unerhebliche Rolle gespielt haben, dass er mich, als wir uns das erste Mal begegnet sind, vor einer Tracht Prügel bewahrt hat.«

Der Mann in der Mitte hatte ein schüchternes Lächeln und Segelohren. »Der sieht echt ziemlich geil aus.«

»Ja«, sagte Großvater, ohne mir einen Vortrag darüber zu halten, dass ich das Wort »geil« benutzt hatte. »Ich hatte einen Freund wie Tommy gar nicht verdient.«

Entweder seine Augen tränten mehr als sonst oder es war eine echte Träne, die da aus seinem Augenwinkel rann. Ich stellte mir Dad vor, wie er ihn an seinem ersten Tag im Seniorenheim gewarnt hatte, nicht zu heulen.

»Wie kommt es, dass das so ein großes Geheimnis ist, Großvater?«

»Ich denke, darüber bildest du dir am besten ein eigenes Urteil, mein Junge. Alles, was ich will, ist, diesen Ordner loszuwerden.«

»Aber warum gerade jetzt? Das verstehe ich nicht.«

»Sie haben meinen Flug aufgerufen, Sam.«

»Was meinst du ...?« Und dann wurde mir klar, was das zu bedeuten hatte.

»Nein, Großvater ... *Nein*, das ist nicht wahr, das kann nicht sein!«

Er nickte ernst. »Ich brauche keinen Quacksalber, der mir erzählt, dass ich es nicht mehr lange mache. Als ich wieder angefangen habe, von ihm zu träumen, wusste ich, dass meine Zeit vorüber ist.«

»Von wem hast du geträumt?«

»Ist doch egal. Lies einfach dieses verdammte Ding. Lies es, bevor es zu spät ist.«

Mum hatte mich davor gewarnt, dass alte Leute von einer Sekunde auf die andere plötzlich »plemplem« werden konnten.

»Du musst Dad davon erzählen. Er macht sich Sorgen um dich ... Warum rufst du ihn nicht mit dem Telefon an, das er dir gegeben hat?«

»Er weiß, wo ich bin«, entgegnete Großvater und war wieder ganz der Alte. »Das sollte er zumindest«, fügte er bitter hinzu. »Schließlich war er es, der mich hier abgestellt hat.«

»Ja, aber was, wenn –?«

»Lies es einfach, Sam. Dann weißt du, wer ich wirklich bin.«

»Aber ich mag dich so, wie du bist!«

»Alle Geheimnisse sind Lügen – das weißt du doch, oder? Sie zernagen dein Inneres, wie Krebs, bis du es nicht mehr aushältst. Und dieses hier hat meine Eingeweide die letzten sechzig Jahre komplett durcheinandergebracht. Du wirst es doch lesen, oder, mein Junge?«

Ich stopfte den blauen Aktenordner in meinen Rucksack. »Natürlich tue ich das.«

Er lächelte und salutierte. »Guter Junge. Nun, wenn es dir nichts ausmacht, ist es wahrscheinlich an der Zeit für dich zu verschwinden. Ich weiß nicht, wie viele Folgen meiner Lieblings-Spielshow mir noch bleiben, und deine Mutter erwartet dich sicher.«

»Okay, dann sehen wir uns nächste Woche«, sagte ich und warf mir meinen Rucksack über die Schulter. Auf dem halben Weg zur Tür schoss mir plötzlich eine weitere Frage durch den Kopf. »Warum ausgerechnet ich, Großvater?«

»Weil wir dieselben Gene haben«, antwortete er und wühlte in der Sesselritze (genau wie ich das immer tat) nach der Fernbedienung. »Weil ich immer ein Teil von dir sein werde. Dein Vater wuchs mit der Vorstellung auf, ich wäre so etwas wie ein Held. Vielleicht wirst du – wenn du die Wahrheit über mich kennst – in der Lage sein, dich selbst ein bisschen besser zu verstehen.«

Das klang wie etwas, das Mum zu einem ihrer Klienten sagen würde. Doch ich dachte viel mehr über einen anderen Satz nach – dass alle Geheimnisse Lügen waren. Ich hätte es ihm erzählen müssen, das weiß ich jetzt. Aber was würde ein Mann mit einer Kriegsverletzung, ein Mann, der für sein Land gekämpft hatte, ein Mann, der dem Tod ins Gesicht gesehen und überlebt hatte, was würde so ein Mann von mir denken, wenn ich ihm anvertraute, dass ich total Schiss davor hatte, am Montag wieder in die Schule zu gehen? Deshalb beschloss ich, mich lieber mit einem Witz zu verabschieden.

»Hey, weißt du, warum die Toilette den Berg runterrollt?«

19.28 Uhr

»Darf ich dich etwas fragen, Britney?«, sagte ich und hielt sie fest, damit sie mir nicht entkommen konnte. »Hast du manchmal das Gefühl, dass dich jemand beobachtet?«

Sie gackerte leise und nickte mit dem Kopf.

»Was für eine dumme Frage. Natürlich tust du das. Hast du immer noch Albträume von diesem elenden F-U-C-H-S?«

Mir war durchaus bewusst, dass Hühner nicht buchstabieren konnten, aber sie sind hochsensible Wesen und Britney war nicht mehr dieselbe, seitdem Mutter Teresa vom Fuchs geholt worden war. Miss Piggy, Tracy (Beaker) und Madonna hatten kaum mitbekommen, dass der alte Vogel verschwunden war. Britney war die Einzige, die es sich wirklich zu Herzen genommen zu haben schien, und darum war sie auch mein Lieblingshuhn. Ich konnte mit ihr reden.

41

»Du glaubst nicht, was für einen schrecklichen Tag ich hatte. Was sagst du dazu: *Veilchen sind blau, Rosen sind rot, Chickenboyz stinken und sind schon bald tot.* Schlimm, oder? Es geistert mir im Kopf rum, seitdem ich es gelesen habe. Eine SMS haben sie mir auch geschickt. Was wollen sie, Britney? Was haben sie vor?«

Ich setzte sie zurück auf ihre Stange und begann mit der widerlichen Prozedur, Hühnerkacke von den Ablagen darunter zu kratzen und in Mums Kompostbehälter zu befördern. Dads alten Bretterschuppen in einen Hühnerstall zu verwandeln hatte zunächst ganz lustig geklungen – bis Mum mir offenbart hatte, wer für das wöchentliche Ausmisten zuständig war. Ich sollte das jeden Dienstag nach der Schule machen, aber diese Woche waren Lex und ich in dem neuen LaserQuest in der Stadt gewesen und ich hatte gedacht, Mum würde es vergessen – bis ich die gefürchteten Gummihandschuhe auf dem Küchentisch liegen sah.

»Selbst Großvater benimmt sich total merkwürdig. Er sagt immer wieder, dass er bald sterben wird. Das kann doch nicht stimmen, oder?«

Es gehörte zu meinen Aufgaben, einen kurzen Blick auf die Kacke zu werfen (sie sollte braun mit einem kleinen weißen Häubchen sein), um sicherzugehen, dass die Hühner gesund waren, doch um ehrlich zu sein, stank es so erbärmlich, dass ich immer die Augen zukniff und die Luft anhielt.

»Und er hat mir diese Geschichte zu lesen gegeben. Was, meinst du, ist los mit ihm? Ich könnte es nicht ertragen, wenn Großvater irgendwann einmal nicht mehr da wäre. Er ist der beste Freund, den ich im Moment habe – abgesehen natürlich von dir, Britney.«

Ich klappte den Kompostbehälter zu und atmete wieder ein. »Alles klar, ich sehe nur noch schnell in den Nestboxen nach und dann bin ich weg.«

Das war seltsam. Es konnte durchaus vorkommen, dass eine der Hennen einen Tag mal kein Ei legte, aber es war noch nie passiert, dass alle vier nicht ein einziges Ei produziert hatten. »Was ist los, Mädels? Streikt ihr?«

Ich langte in die kleinen gemütlichen Nestboxen und befühlte das lauwarme Stroh – falls ich irgendwas übersehen hatte. Natürlich hatte ich das nicht – die Nester waren so leer wie Callum Corcorans Hausaufgabenheft. Es war wohl etwas, das Großvater als eines der »kleinen Rätsel des Lebens« bezeichnet hätte. Warum war ich dann genauso nervös wie Britney? Warum fühlte es sich an, als hätten es selbst die Hühner auf mich abgesehen?

19.40 Uhr
»Fertig!«, rief ich, während ich die Gummihandschuhe in die Spüle warf und dann ins Wohnzimmer ging.

»Hast du daran gedacht, neue Einstreu zu verteilen?«

»Ja, Mum.«

»Und wie ist mein Kompost?«

»Stinkt.«

»Sehr gut. Wie viele Eier?«

Ich ließ mich neben sie aufs Sofa fallen. »Gar keine.«

»Wie bitte?«

43

»Ich habe zweimal nachgeguckt – nichts.«

»Oh nein«, sagte Mum und breitete ihre Zettel auf dem Couchtisch aus. »Vielleicht ist dieser elende Fuchs wieder da.«

»Ja, vielleicht.«

»Na ja, dann sind das zumindest gleich zwei erste Male.« Sie lachte. »Keine Eier *und* du bist nicht sofort nach oben gerannt, um dich vor deinen geliebten Computer zu setzen. Was ist los mit dir?«

»*Nichts!* Ich wollte einfach hier unten bleiben und dir ein wenig Gesellschaft leisten.«

»Du hast doch nichts kaputt gemacht?«

Sie hatte Alex und mir immer noch nicht verziehen, dass wir mal ihren BH benutzt hatten, um Tennisbälle auf die Nachbarkatze zu feuern.

»Nein, Mum.«

»Okay«, meinte sie und zog mich zu sich heran. Sie drückte ihr Gesicht in mein Haar, als sie sagte: »Aber die Glotze bleibt aus – zumindest bis *Midsomer Murders*. Ich muss arbeiten. Bei diesem Kind hier gibt es irgendwas, das nicht zusammenpasst. Wenn du den Job so lange machst wie ich, entwickelst du mit der Zeit einen sechsten Sinn.«

»Kein Problem, Mum. Ich lese ein bisschen was von Großvaters Sachen.«

»Was denn?«

»Keine Ahnung. Aber wenn man ihn reden hört, denkt man, es geht um Leben oder Tod.«

»Tja, warum überrascht mich das nicht?« Sie studierte das Foto auf der Vorderseite des Ordners. »Das ist er, oder? Ah – er sieht genauso aus wie dein Vater! Mit mehr Haar natürlich.« Sie blickte wehmütig auf das Bild der drei Seemänner, aber ich wusste, an wen sie wirklich dachte. Dad war jetzt schon vier Wochen, drei Tage, fünf Stunden und zwanzig Minuten weg, und obwohl sie immer wieder sagte: »Wenn du jemanden liebst, musst du ihn gehen lassen«, wusste ich, dass sie ihn sogar mehr vermisste als ich. »Na dann ... lass uns loslegen, oder?«

Großvaters Geschichte war überall mit handschriftlichen Anmerkungen und Unterstreichungen versehen, außerdem waren die Blätter mit diesem weißen Zeug besprenkelt, das er zum Überdecken der Fehler benutzte. Und ich war mir ziemlich sicher, dass das da ein Marmeladenfleck war. Ich rutschte so dicht an Mum heran, bis sich unsere Beine berührten, und begann zu lesen.

Lieber Sam,

Zeit ist ein berüchtigter Dieb. Alles, was ich Dir erzählen will, ist wirklich passiert. Doch Du musst mir verzeihen – nach mehr als sechzig Jahren lässt mich meine Erinnerung bei einigen kleinen Details im Stich. Wenn Du auf ein paar grobe Schnitzer stößt, ist Dir das hoffentlich dieselbe Genugtuung, die ich stets verspürt habe, wenn ich historische Ungereimtheiten in BBC-Kostümfilmen entdeckte (niemals genug Pferdemist auf den Straßen).

Bitte verurteile mich nicht zu hart. Glaub mir, das habe ich schon selbst getan.

Illegitimi Nil Carborundum.
Dein Dich liebender Großvater

Das Abrutschen vom Rand der Welt

Paddington Station, Mai 1943

Zwei Tage vor meinem achtzehnten Geburtstag überreichte mir meine Mutter mit Tränen in den Augen einen braunen Umschlag, versehen mit dem Vermerk: IM DIENST SEINER MAJESTÄT OFFIZIELL BEZAHLT. Darin befanden sich ein einfaches Bahnticket, eine Postanweisung über zwei Schillinge, ein Brief mit der Aufforderung, bei der *HMS Raleigh* anzutreten, der Marine-Ausbildungsbasis in Plymouth, sowie eine strenge Warnung, dass man mich bei Unterlassung als Deserteur einstufen würde.

Eine Woche später saß ich in einem gerammelt vollen Dritte-Klasse-Zugabteil, zusammen mit einem halben Dutzend schnarchender Soldaten, (die sogar die Gepäckablagen zu provisorischen Hängematten umfunktioniert hatten), einigen weiblichen Marine-Soldatinnen und ein paar nervösen Jünglingen in Zivil, wie ich.

Ich sehnte mich bereits nach Mums Yorkshirepudding, als der Zug stotternd bremste und ein fröhliches Gesicht vor dem

offenen Fenster erschien. Ein junger Kerl
mit dicken, buschigen Augenbrauen und einer grünen Reisetasche aus Leinen trottete
den Bahnsteig neben mir entlang.

»He, du«, sagte er. »Der fährt nach
Plymouth, oder?«

Ich nickte.

Das war die Kriegszeit, Sam. Es juckte
niemanden, als eine grüne Tasche durch das
Fenster geflogen kam und kurz darauf sein
Besitzer folgte, der »Geronimo« rief.

Er klopfte seine Hose ab und quetschte
sich neben mich. »Sharky Beal, mein Name.
Sharky aus Shoreditch, schön, dich kennenzulernen.«

Wir stellten schon bald fest, dass wir
beide für die *HMS Raleigh* verpflichtet
worden waren, und zumindest für eine Weile
verlief die Reise sehr angenehm. Ich weiß
gar nicht mehr, worüber wir uns unterhalten
haben, aber ich erinnere mich noch gut
daran, dass mich seine unnatürliche Vor-
freude auf die bevorstehenden Schlachten
ein wenig überascht hatte. »Alles, was ich
sehen will, ist ein bisschen Kampfgeschehen«, sagte er immer wieder. »Meine Familie
soll stolz auf mich sein.«

Die Dinge nahmen eine Wendung zum Schlechten, als ich ihm eine – wie ich dachte – harmlose Frage stellte. »Du sagtest, dass du aus Shoreditch bist, Sharky. Das liegt im Osten Londons, oder?«

»Tja, ist halt nicht das piekfeine Mayfair.«

»Meine Mum und ich waren 1941 dort.«

»Ich dachte, du kommst aus Brighton.«

»Komme ich auch. Wir waren nur für einen Tag da.«

Seine Augenbrauen zogen sich noch weiter zusammen. »Wie Touristen, meinst du?«

Ich erzählte ihm, dass wir uns selbst ein Bild von den Schäden des Luftangriffs hatten machen wollen; wie ein freundlicher Ladenbesitzer uns zu den am schlimmsten verwüsteten Stellen geführt hatte; wie geschockt wir vom Anblick der zerbombten Häuser gewesen waren, den riesigen Kratern inmitten der Straße und dem entsetzlichen Gestank nach Verbranntem.

»Das hat euch wohl eure schöne Ausflugslaune verdorben, was?«

Ich versuchte zu widersprechen, doch er packte mich am Kragen und zerrte mich aus meinem Sitz hoch. »Ihr dachtet, ihr könntet einfach so kommen und ein wenig auf Besichtigungstour gehen? Ich sollte dir eine reinhauen.«

Und genau das wäre auch geschehen, wenn ihn nicht eine geisterhafte Stimme hätte innehalten lassen. »Das würde ich nicht tun, wenn ich du wäre.«

Sharky zögerte, seine Faust schwebte über mir wie das Damoklesschwert.

Die Zeitung in der Ecke schien die Fähigkeit zu sprechen entwickelt zu haben. »Ich sagte, das würde ich nicht tun, wenn ich du wäre. Zumindest nicht, wenn du keinen Mord auf dem Gewissen haben willst.«

Sharky ließ seine Faust sinken. »Mord? Was meinst du mit Mord?«

Der Kerl in der Ecke senkte die Zeitung und sein jugendliches Antlitz sowie zwei ungewöhnlich große Ohren kamen zum Vorschein. »Dieser Mann leidet an einer Psychotalclapsica.«

»Warte, warte, Professor«, sagte Sharky. »Psychotalwas?«

»Ein sehr ernst zu nehmender Zustand«, fuhr der Mann mit der Zeitung fort. »Ein Schlag gegen den Kopf und das war's.«

49

Sharky schien seine Zweifel zu haben. »Bist du Arzt oder so was?«

»Nicht ganz«, sagte der junge Kerl und griff in seine Tasche, um eine Tüte Bonbons herauszuholen. »Doch ich weiß genug über Physiognomie, um zu erkennen, welches Risiko du eingehst.«

»Dann beantworte mir nur diese eine Frage, Professor«, entgegnete Sharky. »Wenn er wirklich in einer solch schlechten Verfassung ist, wie kann es dann sein, dass er seine Pflicht und Schuldigkeit tun muss? Die *HMS Raleigh* ist schließlich kein Ferienlager.«

»Aus demselben Grund wie du und ich, nehme ich an. Er hat seinen Einberufungsbescheid erhalten. Mit diesem Leiden hätte er locker dafür sorgen können, dass er einen bequemen Bürojob bekommt, aber das hat er nicht getan, oder? Ich würde sagen, das macht ihn irgendwie zu einem Helden, findest du nicht?«

Ich war so dankbar, dass ich ihm am liebsten um den Hals gefallen wäre.

»Okay«, sagte Sharky, immer noch nicht ganz überzeugt. »Nur dieses eine Mal lass ich dich gehen.« Aus einem wütenden King

50

Kong wurde wieder das freundliche Gesicht vom Fenster. »Sieht so aus, als werden wir Schiffskameraden, Professor. Wie ist dein Name?«

»Tommy«, sagte mein großohriger Beschützer. »Tommy Riley.«

20.00 Uhr

Die *Mission: Impossible*-Melodie drang mit der Wucht eines Vorschlaghammers in die Stille. Mum sah mürrisch von ihren Notizen auf. »Willst du nicht drangehen, Samuel? Vielleicht ist es dein Vater.«

»Es ist nur eine SMS«, antwortete ich, schob mich an das andere Ende des Sofas und scrollte durch das Menü. »Es kann also nicht Dad sein, da er noch nicht mal weiß, wie man eine verschickt.«

Mum wirkte enttäuscht. »Von wem ist sie dann?«

Ich schielte auf die Nachricht und versuchte, sie vor Mums Blick zu schützen, während ich heimlich die Nummer abspeicherte. »Ach ... niemand.«

Plötzlich war Mum wieder ganz die Kinderpsychiaterin. »Was genau meinst du mit *niemand*?«

»Na ja, weißt du ...«, druckste ich herum und ließ das Handy schnell wieder in meiner Tasche verschwinden. Ich hoffte, dass sie das Zittern in meiner Stimme nicht bemerkte. »Einfach irgendein Junge.«

»Ahhh, ich weiß Bescheid«, sagte Mum und bedachte mich mit diesem speziellen Lächeln, das sie normalerweise nur dann auflegte, wenn ich ihr irgendwas Schmalziges in ihre Muttertagskarte geschrieben oder Dad mir Geld gegeben hatte, um ihr ein paar Blumen zu kaufen.

»Worüber?«

»Ich bin nicht von gestern, Sam. Ich weiß genau, was los ist.«

Es war geradezu eine Erleichterung. »Wirklich?«

»Ja, und ich finde, das ist echt süß.«

»Hä?«

»Mein kleiner Junge hat eine Freundin. Stimmt's?«

Mum blickte auf mein acht Jahre altes Ich auf dem Kaminsims, mit Harry-Potter-Brille und einer blitzförmigen Narbe, die sie mir mit einem Filzstift aufgemalt hatte. Genau dasselbe Bild stand in ihrem Sprechzimmer; es war ein Wunder, dass sie es noch nicht überhatte.

»Meine Mutter hatte recht«, sagte sie verträumt. »Kinder werden zu schnell groß.«

»Nein, Mum, du verstehst –« Ich war kurz davor, ihr zu versichern, dass ich das andere Geschlecht in etwa so interessant fand wie ein Gartencenter. Doch dann wurde mir plötzlich klar, dass sie lieber glauben sollte, ihr »kleiner Junge« hatte eine Freundin, als dass er eingeschüchtert und unglücklich war und keine Ahnung hatte, wie er damit umgehen sollte. »Ist doch kein großes Ding, oder?«

»Für dich vielleicht nicht«, schniefte sie. »Aber keine Angst, Sammy, ich werde dir deswegen nicht das Leben schwer machen.«

»Danke, Mum.«

Sie kramte in ihren Papieren herum, trommelte auf den Couchtisch und pfiff ein Lied. »Willst du ihr denn gar nicht zurückschreiben?«

»Nein. Ich muss hier noch ein bisschen weiterlesen. Mach ich später.«

»Willst du gelten, mach dich selten, was? Genau wie dein Vater.«

Jeder in meiner Familie schien eine Art Held zu sein – jeder außer mir. Mein Urgroßvater kämpfte in Schützengräben, Dad war ein Semiprofi in Sachen Extremsport und Großvater hatte sogar eine Kriegsverletzung. Ich versuchte, mich auf seine Geschichte zu konzentrieren,

53

in der Hoffnung, dass etwas von seinem Mut auf mich abfärben würde, doch alles, was ich sah, waren unterringelte Zeilen – wie auf diesem Gemälde, das in der Tate Modern hing und von dem Mum so begeistert war.

Was sollte das? Meine Gedanken wanderten immer wieder zurück zu meinem Handy. Und obwohl ich Mum zuliebe vorgab weiterzulesen, tat ich das nur, um den schlimmen Moment hinauszuzögern, in dem ich nach oben gehen musste und es nichts gab, das mich davon abhalten konnte, diese grausame SMS noch einmal zu lesen.

21.25 Uhr

»Los, mein Schatz. Ich bin überzeugt davon, dass die Lebensgeschichte deines Großvaters äußerst interessant ist. Aber du solltest jetzt wirklich hochgehen und dich bettfertig machen. Ich weiß doch genau, dass du es kaum erwarten kannst, deine neue Freundin anzurufen.«

»Muss ich das?«

»Natürlich musst du das. Wer nicht wagt, der nicht gewinnt!«

»Na gut«, sagte ich und suchte verzweifelt nach einem weiteren Grund, um nicht mit meinem Handy allein sein zu müssen.

Mum hatte die letzte Stunde damit verbracht, ihre Zettel auf dem Tisch immer wieder neu zu sortieren. Das erinnerte mich daran, was Großvater einmal über die Leute gesagt hatte, die die Liegestühle an Deck der Titanic umgestellt hatten, während sie sank.

»Wie geht's mit deinem schwierigen Fall voran? Bist du schon weitergekommen?«

»Eigentlich nicht. Es wird sicher eines der drei Ts dahinterstecken: Trinken, Tyrannei, Trennung – aber ich habe noch kein Kind erlebt, das so voller Hass ist. Ich wünschte, ich könnte helfen.«

»Warum lässt du mich nicht einen Blick darauf werfen?«

»*Nein*«, sagte sie und schob ihre Zettel zu einem Stapel zusammen wie ein Roulettespieler seine Jetons, »das darfst du nicht.«

»Warum nicht?«

»Weil … darum. Jetzt beeil dich aber, und zwar dalli, dalli.«

Ich bewegte mich widerwillig Richtung Tür. »Mum?«

»Was ist denn noch, mein Schatz? Hast du irgendwas?«

»Es ist nur …« Nein, das war keine gute Idee. Ich konnte es ihr nicht erzählen. Sie war jedes Mal ganz bestürzt, wenn sie das Gefühl hatte, ich war unglücklich. »… ich hab dich lieb.«

»Ich dich auch, Kerlchen. Aber es ist immer noch Schlafenszeit, Sammy, also geh jetzt diese Treppe hoch!«

Zuerst hatte ich es nicht gesehen. Ich war zu beschäftigt damit gewesen, nicht über diese SMS nachzudenken. Aber als ich den Blick Richtung Fenster wandte, bekam ich den Schock meines Lebens.

Sie haben … sie haben doch nicht?

Das Gefühl beobachtet zu werden, intensivierte sich mit jedem Schritt auf das Fenster zu. Fünf triefende gelbe Augen, die klebrige Tränen und kaputte Eierscha-

55

len weinten, glotzten zu mir rein und folgten mir durch das Zimmer wie Big Brother. Sofern Mr Fuchs nicht gelernt hatte zu werfen, schied er als Verdächtiger höchstwahrscheinlich aus.

Mit einem Ruck zog ich die Vorhänge zu und versuchte, so zu tun, als wäre das schleimige Gemisch aus kaputten Eiern, das meine Fensterscheibe hinunterlief, nicht da. Das war nicht das Einzige, was ich tat, um das Ganze zu vergessen. Aber wie lange konnte ich noch so weitermachen? Früher oder später würde ich die bittere Pille schlucken müssen.

Ich streifte in meinem Zimmer umher wie ein Tiger im Käfig, riss die Kalenderblätter der letzten drei Tage ab, klimperte jeden Akkord auf der Gitarre, den ich kannte (e-Moll und a-Moll), und hielt inne, um das original Star-Wars-Poster zu bewundern, das Dad mir vom Greenwich Market mitgebracht hatte, um schließlich meinen Laptop anzuwerfen und *HMS Belfast* zu googeln – Hauptsache, ich tat irgendetwas, das mich davon abhielt, das Handy wieder hervorzuholen.

Die virtuelle Tour war eigentlich ziemlich cool, doch nachdem ich ein paar Minuten die unteren Decks erkundet hatte (man konnte sich sogar den Maschinenraum ansehen), wusste ich, dass ich es nicht länger hinauszögern konnte. Zähneknirschend griff ich nach dem Dadphone und ging direkt zum Posteingang.

Manchmal wünscht man sich so sehnsüchtig, etwas möge nicht wahr sein, dass man sich einzureden versucht, es sei alles nur ein Irrtum. Auch wenn das gar nicht sein kann. Als der Spezialist ihm erzählt hatte, was mit meiner Großmutter nicht stimmte, war es meinem Großvater gelungen, sich einzureden, dass es sich lediglich um einen länger andauernden Durchfall handle. Und nun saß ich hier und hoffte vergeblich, ich hätte mich verlesen oder zu halluzinieren begonnen – so wie Dad nach seinem ersten Doppelmarathon.

Aber ich konnte mich nicht selbst belügen. Es stand da, schwarz auf weiß:

Check out www.chickenboyz.com
Verhasste Grüße – Der Imperator

22.30 Uhr

Schon mal auf einer Klippe gestanden und kurz davor gewesen, sich hinunterzustürzen? So fühlte es sich an; doch anstatt mich vom Abgrund wegzubewegen, wusste ich, dass ich dieses Mal, selbst wenn ich noch weitere zwanzig Minuten auf meine Klarinettenurkunde aus der dritten Klasse starrte, früher oder später springen musste.

Ich tippte die Adresse ein und war auf das Schlimmste gefasst.

Keine Ahnung, was ich erwartet hatte, aber es war noch schlimmer, als ich es mir je hätte ausmalen können. Zuerst hörte man nur Musik – es war dieser Ententanz, zu dem Mum und Dad sich anlässlich der Hochzeit von Tante Deb ziemlich peinlich aufgeführt hatten –, dann folgte die Flash-Animation einer Person in Hühnerkostüm, die über den Bildschirm watschelte und mit dem Po wackelte wie Balu, der Bär. Alle aus der Achten waren im Flash-Animation-Kurs. Die Jungs erstellten normalerweise Filme mit irgendwelchen Ge-

57

waltszenen und die Mädchen ließen die Zungen von Comicfröschen nach Fliegen schnappen.

Ich hatte schon fast Spaß an der Szene, als sich das Huhn umdrehte und ich sah, dass es einen Klarinettenkasten trug. Am Rand, im Graffiti-Stil geschrieben, standen die Worte: *Klick auf meinen Schnabel, um den dümmsten Typen der achten Klasse zu sehen.*

Ich hielt die Luft an und griff mit meiner kalten, feuchten Hand nach der Maus.

»Oh nein«, flüsterte ich. »Das kann doch nicht sein!«

Dort, in der oberen linken Ecke der Homepage, war ein Bild von mir, das mich bei einem meiner kläglichen Hochsprungversuche zeigte. Ich hasste Hochsprung. Ich meine, was hat es für einen Sinn, dass jemand rückwärts über etwas drüberspringt? Kein Wunder, dass ich die Stange runtergeworfen habe.

Aber das Schlimmste kam noch – viel schlimmer. Unter dem Foto befand sich:

Der Blog des Imperators

Hi. Willkommen auf einer coolen neuen Website, die Sam Tennant – auch bekannt als Chickenboy oder der erbärmlichste Typ des St Thomas's College – gewidmet ist. Wenn ihr ihn nur halb so viel hasst und verachtet, wie wir es tun, seid ihr hier genau richtig.

Und vergesst nicht, euren Freunden davon zu erzählen. Wollt ihr den anderen immer einen Schritt voraus sein? Dann meldet euch an und bekommt regelmäßig Chickenboyz-News auf euer Handy!

Viel Spaß!

PS: Wenn ihr etwas wirklich Lustiges sehen wollt, vergesst nicht, am Montag das Geld für die *HMS Belfast* mitzubringen. Du kannst weglaufen, Sam, aber du kannst dich nicht verstecken!

Also stimmte es doch. Ich konnte nicht länger verleugnen, dass es irgendjemanden an meiner Schule gab, der mich abgrundtief hasste. Nein, nicht nur eine Person, sondern mindestens zwei – auf der anderen Seite der Homepage befand sich eine Spalte mit dem Titel:

FÜNF WIRKLICH UNCOOLE DINGE
ÜBER SAM TENNANT
    Verfasst von Ollyg78

1.   Er denkt, er wäre total lustig – ist er aber nicht.
2.   Er mag scheiß Musik (Fragt Chickenboy, was auf seinem iPod ist!)
3.   Er stinkt nach Hühnerkacke.
4.   Seine Mutter stinkt nach Hühnerkacke.
5.   Er ist ein verängstigtes kleines Hühnchen, das alles verdient, was es bekommt.

Ich hatte das Gefühl, mich jeden Moment übergeben zu müssen. Wie konnte mich jemand so hassen? Was hatte ich getan? Und wer zur Hölle war dieser Imperator? Zum Glück war heute Freitag. Ich hatte also das ganze Wochenende, um das herauszufinden. Wenn mir das gelänge, könnte ich vielleicht Dinge geraderücken – mich entschuldigen oder so was. Ich hatte schon fast Alex'

59

Nummer gewählt, um ihn zu fragen, ob er irgendeine Idee hatte, als mir klar wurde, dass mein bester Freund besser nicht davon erfahren sollte. Also ging ich im Geist eine Liste möglicher Verdächtiger durch und begann mit dem offensichtlichsten – mit Callum Corcoran.

»Du sitzt aber nicht mehr am Computer, oder?«

»Mum! Du hast mich zu Tode erschreckt!« Wie war das doch gleich mit ihrer Regel, dass man immer erst anklopfen musste?

»Was hast du noch vor?«

»Ach, nichts«, antwortete ich und bemühte mich, eine menschliche Mauer zwischen Mum und dem Bildschirm zu errichten.

»Hör doch auf. Ich weiß, dass du mit deiner Freundin chattest. Höchstens noch zwei Minuten und dann gehst du ins Bett, verstanden?«

Ich hackte eilig in die Tasten. »Alles klar, Mum, habe mich schon ausgeloggt.«

»Ich kann mich genau daran erinnern, wie das ist«, sagte sie verträumt. »Die erste Liebe gehört zu den schönsten Zeiten deines Lebens. Du musst sie genießen!« Ihre feste Umarmung nahm mir fast den Atem. »Schlaf gut, Sammy.«

Hoffentlich!

0.47 Uhr

»Los, Britney, denk nach. Irgendwas musst du doch gesehen haben. Waren sie zu zweit? Haben sie über mich gesprochen?«

Tracy Beaker und Miss Piggy schliefen friedlich. Nur

60

Britney schien den Ernst der Lage erkannt zu haben. Sie machte dieses lustige knurrende Geräusch und wirkte genauso hellwach wie ich.

»Pst, du weckst Mum auf.«

Ich hielt sie eng an mein uraltes Simpsons-Schlafanzugoberteil gedrückt und genoss die wohlige Wärme, die von ihr ausging.

»Okay, ich sehe die ganze Sache so: Callum Corcoran wäre vielleicht in der Lage, einen Typen zu animieren, der sich die Kugel gibt – aber würde er wirklich ein tanzendes Huhn hinbekommen? Na gut, vielleicht hat das Animal für ihn erledigt. Nein, das kann nicht sein. Was ist mit Gaz Lulham?«

Britney zeigte keinerlei Regung.

»Warte, lass mich ausreden! Im Zuge dieses Reproduktionsprojekts hat Gaz einen ziemlich lustigen Film über ein Spermium mit einer Handgranate gemacht. Für ihn wäre es bestimmt kein Problem ... Ja, aber Gaz und ich waren zusammen im Kindergarten. In der Schule redet er zwar nie mit mir, aber wenn ich in der Stadt an ihm vorbeigehe und er ohne seine Kumpels unterwegs ist, nickt er immer und murmelt irgendwas.«

Britney schien nicht allzu überzeugt von meinen Schlussfolgerungen.

»Hast du vielleicht eine bessere Idee? Wer *ist* dieser Imperator? Und was ist mit Ollyg78? Wenn ich das wüsste, könnte ich einen Plan entwickeln. Was soll ich tun, Britney? Was soll ich nur tun?«

Ihre Knopfaugen sahen mich an. Sie brauchte überhaupt nichts zu sagen, denn es war offensichtlich, was sie dachte: *Du weißt genau, was zu tun ist, Sam. Das, was du*

*schon die ganze Zeit vorhast. Wer ist denn hier das Huhn – du
oder ich?*

Das Dadphone fühlte sich an wie ein Eisblock, der
gegen mein Herz drückte. Ich zog es aus der Pyjama-
tasche und ging sofort zum Adressbuch, bevor ich auf
die Idee kam, doch wieder einen Rückzieher zu machen.
Und da war sie: die Nummer des Imperators. Mein
Daumen zitterte wie der eines Gameboy-Süchtigen und
ich musste meine ganze Konzentration aufbringen, um
ihn wieder auf die Tasten zu legen. »Okay, Britney,
jetzt.«

Ich war vollkommen unvorbereitet auf das, was als
Nächstes kam.

Oh nein ... *oh nein* ... das darf doch nicht wahr sein,
oder?

Es war nach Mitternacht. Ich dachte, dass gleich die
Mailbox anspringen würde. Ich wollte einfach nur die
Ansage hören. Meine Angst wandelte sich zum blanken
Horror, als mir klar wurde, dass am anderen Ende
tatsächlich jemand war. »Hallo«, flüsterte ich. »Hallo ...
hallo, wer ist da bitte?«

Stille, die nur von schwerem Atem durchbrochen
wurde.

»Bitte«, flehte ich und presste Britney noch fester an
meine Brust, »sag mir, wer du bist und was du von mir
willst.«

Es folgte ein Knacken, dann ein Rauschen und dann
eine bekannte Stimme – es klang nach dem eingebilde-
ten Nachrichtensprecher, den sich Dad immer anhörte,
wenn Mum vergessen hatte, auf *Radio One* umzuschal-
ten. Aber es war nicht der Imperator.

»Und nun der Seewetterbericht, ausgegeben vom Wetteramt im Auftrag der Agentur für Seeverkehr und Küstenwache ...«

»Das ist nicht lustig!«, schrie ich. »Wer bist du und warum tust du das?«

»Biscaya: nordöstlich vier oder fünf, stellenweise drei in ...«

»Wer *bist* du?«

Wenigstens war jetzt klar, wer hier das Huhn war. Ich konnte nichts dagegen tun: Die Tränen liefen über meine Wangen. Dad hätte sich so für mich geschämt. Immer wieder fing er von »dem Typen, der geheult hat« an.

Das Licht der Laterne unten im Garten verlieh dem Inneren des Schuppens einen unheimlichen Schein. Wenn mich Aliens hätten entführen wollen, wäre jetzt der perfekte Zeitpunkt gewesen.

»Shannon: wechselhaft vier. Mäßig, später stürmisch ...«

Montag

(Woche zwei)

8.25 Uhr

Mum verfiel in ihren üblichen »Freunde der Erde«-Monolog, sobald ihr Fuß das Gaspedal berührte. Ich ließ nur vereinzelte Worte – oder vielleicht auch mal drei – zu mir durchdringen. »Sintflutartiger Regen mitten im Juni ... wann hat ein Politiker den Mumm ... verfluchte Geländewagen ... haben diese Leute noch nie etwas vom CO_2-Fußabdruck gehört?« Ich war viel zu sehr mit meinen eigenen Problemen beschäftigt, da konnte ich mich nicht auch noch um globale Katastrophen sorgen.

Das war das schlimmste Wochenende gewesen, seitdem wir Dad zum Flughafen gebracht hatten. Ich hatte es nicht gewagt, in die Stadt zu gehen, weil ich niemandem von der Schule begegnen wollte, und aus demselben Grund hatte ich es auch nicht gewagt, ins Internet zu gehen. Alex war mit der neuen Freundin seines Vaters im Center Parcs gewesen, sodass ich sehr viel Zeit auf dem Sofa verbracht, mir Wiederholungen von *Friends* reingezogen und verzweifelt versucht hatte herauszufinden, wer der Imperator war – natürlich ohne Erfolg.

»Willst du gar nicht aussteigen? Erde an Samuel, Erde an Sam ...«

»Was?«, sagte ich und schreckte aus meinen Gedanken hoch. Ich scannte den Hügel nach möglichen Verdächtigen ab. »Oh ... ja, klar.«

»Du siehst furchtbar aus, Sam. Du hast riesige Ringe unter den Augen.«

»Hab letzte Nacht nicht viel geschlafen«, antwortete ich und hoffte ein kleines bisschen, sie würde fragen, warum.

»Wem sagst du das! Als ich deinen Vater kennengelernt habe, konnte ich zwei Wochen nicht schlafen!«

Und dann erspähte ich Alex. »Sorry, Mum, ich muss los.«

»Viel Glück mit deinem Technik-Projekt.«

»Viel Glück mit deiner Borderline Dyspraxie.«

Der Regen traf mich wie eine eisige Dusche. Ich schnappte mir die Klarinette von der Rückbank und rannte los. »Hey, Lex, warte!«

Er wandte sich um und starrte mit kurzsichtigem Blick in meine Richtung. Wahrscheinlich hatte er mich nicht erkannt, denn eine Sekunde später hatte er sich wieder umgedreht und sprintete den Hügel hoch. Und ich konnte es ihm nicht verübeln. Eine der merkwürdigen Sitten an unserer Schule war – es sei denn, man wollte sich selbst das Leben schwer machen –, dass man nie, wirklich niemals eine *Jacke* trug. Selbst dann nicht, wenn man zu einer Expedition in die Antarktis aufgebrochen wäre.

Das Gute an einem verregneten Morgen war, dass es an den Toren kein großes Gedränge gab. Die Schüler erschienen nach und nach und gingen gleich in ihre Klassenzimmer. Das war das Letzte, worauf ich jetzt Lust hatte. Zum Glück hatte ich in der ersten großen Pause Orchester, deshalb ging ich gleich in den Musiktrakt und stellte die Klarinette bei den anderen Instrumenten ab – dort konnte ich sie zehn Minuten unbeobachtet lassen.

Bis auf ein paar Schüler, die auf dem Weg zu privaten Instrumentenstunden waren, war der Trakt um diese Zeit am Morgen ziemlich verlassen. Die Fenster waren so hoch, dass man nicht auf den Schulhof hinuntersehen konnte, und das Licht in dem langen, gewundenen Flur flackerte rund um die Uhr. Oft ging ich sogar extra auf die Toiletten im Musiktrakt, weil sie viel sauberer als die anderen waren und es immer genügend Klopapier gab.

Ich schloss mich in eine graffitifreie Kabine ein und setzte mich. Den Kopf in die Hände gestützt, hörte ich das entfernte Brummen von Miss Hoolyhans buddhistischen Gesängen in einem der Übungsräume. Ich betete, dass niemand diese Website gesehen hatte. Oder dass sie es vergessen hatten, falls doch, und alles wieder normal war, wenn ich das Hauptgebäude betrat.

Das wäre wohl zu schön gewesen, um wahr zu sein.

8.40 Uhr

Die Hälfte meiner Klasse schien loszukreisen, als ich durch die Tür trat. Ich versuchte, das Ganze mit einer Art Ententanz zu überspielen, doch das machte die ganze Sache nur noch schlimmer.

»Ah, Samuel«, sagte Miss Stanley, schielte mich durch ihre zentimeterdicken Brillengläser an und malträtierte das Klassenbuch mit ihrem Kugelschreiber. »Du hast also beschlossen, uns zu beehren.«

»Ey, Chickenboy«, brüllte Callum Corcoran, »zeig uns, wie man Eier legt!«

»Hey, Sam«, kam eine Stimme von hinten. »Hoffentlich magst du Rührei.«

»Puh, was für ein Gestank!«, sagte Animal. »Kann ich ein Fenster öffnen, Miss? Miss, kann ich ein Fenster öffnen?«

»Was ist denn los, Tristram?«, fragte Miss Stanley und sah aus, als stünde sie kurz vor einem Migräneanfall.

»Es ist Sam Tennant, Miss; er stinkt nach Hühnerkacke.«

»Das hat er von seiner Alten, die stinkt *auch* nach Hühnerkacke.«

Callum Corcoran bekam sich gar nicht mehr ein vor Lachen.

»Gut, das reicht«, sagte Miss Stanley. »Ich weiß nicht, was heute Morgen in euch gefahren ist. Setz dich bitte hin, Samuel. Ich will mit euch über den neuen Lehrplan sprechen.«

Ich hörte nicht ein Wort von dem, was sie sagte. Benommen und verwirrt kauerte ich vor der Tafel und wartete auf den nächsten Beschimpfungshagel. Ich fragte mich, ob es irgendjemanden in der Klasse gab, der diese Website nicht gesehen hatte.

»Hast du mich gehört, Sam?«

»Was, Miss?«

Normalerweise lachten die Leute *mit* mir, aber sie hatten noch nie *über* mich gelacht.

»Ich sagte: Setz dich bitte hin! Was ist denn heute los mit dir?«

Und dann sah ich, dass mein eigentlicher Platz zwischen Gaz und Alex besetzt war. Gaz musste einen aufgerückt sein – der einzig freie Platz war neben Stephen Allbright, genannt Dumbo, dem Klassenfreak. Ich bewegte mich mit Grabesmiene in seine Richtung und erwiderte Dumbos krankes Lächeln nicht, als ich mich neben ihn setzte.

»Keine Sorge, Dumbo«, brüllte Animal. »Irgendwann gewöhnst du dich an den Gestank.«

»Bitte«, sagte Miss Stanley, die am Montagmorgen immer schlecht gelaunt war. »Ich will jetzt keinen dieser Spitznamen mehr hören. Das ist nicht lustig, okay?«

Doch selbst mir entging nicht, wie sie plötzlich zu einem lächelnden Schmusekätzchen wurde, als sich die Tür öffnete.

»Sehen Sie nur, Miss«, rief Chelsea. »Ihr Freund!«

»Ja, danke, Chelsea«, sagte Mr Catchpole, dessen Gesicht nicht ganz denselben Rotton erreichte wie Miss Stanleys. »Ich sorge hier für die Unterhaltung.«

Miss Stanley nahm ihre Brille ab. Ihre Stimme war etwa zwei Oktaven tiefer als vorher. »Ah, Mr Catchpole, was kann ich für Sie tun?«

Es war so selten wie ein Halleyscher Komet, dass die zwei miesesten Lehrer der Schule gleichzeitig lächelten.

»Ich wollte nur sehen, wer von diesem Haufen hier an sein Geld für die *HMS Belfast* gedacht hat.«

Hände schossen in die Höhe, während mein Herz in die entgegengesetzte Richtung sank.

»Gut, gut«, sagte Mr Catchpole. »Diesen Tag werde ich mir rot im Kalender anstreichen. Ich frage mich, wie es zu diesem plötzlichen Sinneswandel kam.«

Pete Hughes war normalerweise viel zu cool, um sich zu melden. Er hatte den besten Haarschnitt der achten Klasse und eine Freundin in der neunten. »Wir haben diese äußerst interessante Internetseite gesehen, Mr Catchpole.« Er grinste. »Wir dachten alle, auf einem alten Schiff rumzulatschen wäre in etwa so aufregend, wie Mr Peels Band zuzuhören, aber jetzt wissen wir, dass uns jede Menge Spaß erwarten wird, Sir. Jetzt freuen wir uns riesig.«

»Schön zu hören«, sagte Mr Catchpole und strich sich über das Revers seines Jacketts. »Ich selbst freue mich auch schon sehr. Was ist mit Ihnen, Miss Stanley?«

»Oh ja, Mr Catchpole, ich kann es kaum erwarten.«

Es schien, als war ich die einzige Person in diesem Raum, der es davor graute. Ich kniff die Augen zusammen und biss mir auf die Unterlippe. Wie standen

68

meine Chancen, es ohne zu heulen bis zur ersten Pause zu schaffen?

Während ich versuchte, mich zusammenzureißen, schoss mir ein anderer Gedanke durch den Kopf: War es nicht Pete Hughes gewesen, der mir mal von seiner eigenen Website erzählt hatte? Und hatte Pete Hughes nicht wörtlich von Chickenboyz.com zitiert? Er war sicherlich cool genug, um ein paar Hühner zum Tanzen zu bringen. Was, wenn er es war – war Pete Hughes der Imperator?

10.57 Uhr

Mum und Dad erzählten mir immer wieder, dass ich es niemals bereuen würde, ein Musikinstrument erlernt zu haben. Das erste Mal in meinem Leben wusste ich genau, was sie meinten. Hätte Mum mich nicht permanent zum Üben gezwungen, hätte ich nun zusehen können, wie ich Callum und seinen Leuten in der Cafeteria aus dem Weg ging, oder so tun müssen, als hörte ich die Hühnergeräusche nicht, die mir überallhin folgten. Stattdessen hockte ich im Musiktrakt im Probenraum und tat so, als würde ich »Waterloo« spielen, während das Orchester ABBAs größte Hits verhunzte. Für fünfundzwanzig Minuten war ich in Sicherheit. Für fünfundzwanzig Minuten konnte ich davon ausgehen, dass mir der Imperator (wer auch immer es war) nichts antat.

Miss Hoolyhan zeichnete mit ihrem Dirigentenstab riesige lachende Gesichter in die Luft und sang »Waterloo« wie einer dieser Kandidaten bei X-Factor, die sich total lächerlich machten.

Abby konnte es tatsächlich auch spielen. Ich fand, sie benahm sich wie eine Fünftklässlerin oder so. Wenn man dermaßen ruhig war wie sie, war das Klarinettespielen vielleicht ein gute Möglichkeit, Unterhaltungen aus dem Weg zu gehen. (So was in der Art hätte jedenfalls Mum gesagt.) Aber wen interessierte es, warum sie es tat, wenn das bedeutete, dass ich nicht eine Note spielen musste? Im Moment konnte ich nur daran denken, was der Imperator als Nächstes tun würde.

»Das war nicht *ganz* richtig, Leute, oder?«, sagte Miss Hoolyhan freundlich. »Jetzt mal nur die Flöten von Taktstrich 108 an.«

Genau in diesem Moment wollte ich nichts lieber tun, als mich zusammenzurollen und zu schlafen, bis alles vorbei war.

»Alles okay bei dir?«

»Was?«

Abby zog ein rosafarbenes Papiertaschentuch hervor und lächelte mitfühlend. Ich fragte mich, ob es mit so viel Schrott im Mund nicht schwierig war zu spielen. »Hier«, sagte sie, »sieht so aus, als könntest du das gebrauchen.«

»Was meinst du?«

»Komm schon, Sam«, flüsterte sie. »Ich weiß, dass du weinst. Das tue ich zu Hause die ganze Zeit. Hier, nimm es.«

»Danke.« Dass jemand nett zu mir war, gab mir den Rest. Den ganzen Morgen hatte ich es geschafft, mich zusammenzureißen, doch die Schleusen waren bereits geöffnet. »Entschuldige, ich …«

Abby legte ihre Hand auf meine Schulter. Ich war ein wenig überrascht von ihren abgeknabberten Fingernä-

70

geln. »Keine Sorge, Sam. Von mir erfährt niemand was – versprochen.«

Ich nickte dankbar und tupfte meine Augen mit ihrem Taschentuch trocken.

»Es ist wegen dieser Internetseite, oder?«, sagte sie verärgert. »Ich habe sie Freitagabend gesehen.«

»Wie hast du davon Wind bekommen?«

»Irgendwer hat mir eine SMS geschickt. Ich dachte eigentlich, es wäre ein lustiges Video oder so.«

»Wer ist es, Abby? Wer ist der Imperator?«

»Das weiß ich nicht, Sam. Ich denke, niemand weiß das. Aber ich werde versuchen, es für dich rauszufinden.«

»Danke.«

»Es ist echt schlimm, wie der Imperator es geschafft hat, so viele Leute gegen dich aufzuhetzen. Ich sage nur Gruppenzwang.« Sie lehnte sich zu mir herüber und ich spürte ihren warmen Atem in meinem Ohr. »Versprich mir, vorsichtig zu sein, Sam.«

Mir waren nie zuvor ihre Sommersprossen aufgefallen; alles, was ich vorher gesehen hatte, war ihre Zahnspange. »Meinst du, ich muss vorsichtig sein?«

»Ich hoffe nicht, Sam. Aber wenn du mit jemandem reden willst, bin ich immer für dich da.« Sie lächelte, mehr zu sich selbst, als hätte sie sich gerade an etwas Lustiges erinnert. »Reden ist so viel besser, als alles in sich hineinzufressen.«

»Gut«, sagte Miss Hoolyhan, die es offensichtlich langsam bereute, einen Schüler ohne jegliches Rhythmusgefühl an die Bongos gesetzt zu haben, »jetzt alle von Taktstrich 108 an. Eins, zwei, drei und ...«

Und obwohl sich 99 Prozent von mir bereits darum sorgten, wo ich mich in der zweiten Pause verstecken konnte, schoss mir ein merkwürdiger Gedanke in den hintersten Winkel meines Kopfes: Wenn ich *jemals* eine Freundin haben sollte (und das war das absolute Ober-Wenn), sollte sie ein kleines bisschen wie Abby sein.

13.28 Uhr
Zwei Minuten bis zur zweiten Pause und ich konnte nicht glauben, wie viel Glück ich hatte. Außer einem gelegentlichen Gacker-Laut und Gaz Lulhams Bemerkung über kopflose Hühner war das Einzige, mit dem ich mich herumplagen musste, eine unlösbare Matheaufgabe – und das war meine eigene Schuld gewesen, da ich die Aufgabe falsch abgeschrieben hatte.

Alles würde anders werden.

Mr Peel, der auf eine bemitleidenswerte Art und Weise überzeugt davon war, seinen Schülern auf Augenhöhe gegenüber treten zu müssen, unterbrach plötzlich seine Ausführungen über den Bauernkrieg und begann, von den Arctic Monkeys zu faseln. »Das nenne ich Demokratisierung der Medien. Eine Band stellt einen Song ins Netz, yeah, und es entscheiden nicht irgendwelche gesichtslosen Anzugträger, ob das ein krasser Sound ist – sondern *ihr*. Und genau *so* sollte es auch sein.«

»Wissen Sie, was Sam Tennant auf seinem iPod hat, Sir?«, fragte Pete Hughes.

»Lass mich kurz überlegen«, antwortete Mr Peel und strich sich über sein Ziegenbärtchen. »The Wombats ...

Lily Allen ... Und vielleicht noch so etwas wie The Ramones?«

Pete Hughes grinste triumphierend. »Glenn Miller, Sir.«

»Ja«, pflichtete ihm Chelsea bei. »So ein Versager. Kein Wunder, dass ihn der Imperator abgrundtief hasst.«

Mr Peel wirkte ernsthaft besorgt. »Tut mir leid, Pete, noch nie davon gehört. Ist das eine R'n'B-Band oder so was?«

»Nein, Glenn Miller, Sir«, sagte Pete Hughes. »Der Bandleader aus der Kriegszeit? Wir haben ihn in Musik durchgenommen. Er hat ›In the Mood‹ geschrieben. *Da da da da da da da da da da da da.*«

Mr Peels Miene entspannte sich wieder. »Ja, nettes Lied.« Und ungeachtet dessen, dass ich Glenn Miller überhaupt nicht ausstehen konnte, kicherte er noch immer, als es läutete. »Und vergesst nicht, Leute«, rief er uns hinterher, als alle losstürmten, »wenn ihr euch meine neue Demo anhören wollt, gebt bei Google *Roboter Can-Can-Tänzer* ein und folgt den Links.«

Ich rannte voll gegen die Tür, aber irgendjemand hatte mich dagegengeschubst. Alex. Er schoss den Flur des geisteswissenschaftlichen Trakts entlang wie eine Ratte das Kanalrohr.

»Hey Lex, warte mal! Ich muss mit dir reden.«

Kurz bevor ich ihn erreicht hatte, schossen die anderen aus dem Geschichtsraum und Pete Hughes begann mit einer Zugabe von »In the Mood«.

»Alex, komm schon, ich dachte, wir wären Freunde.«

»Hör auf, mir hinterherzurennen«, zischte er. »Ich kann jetzt nicht reden.«

73

»Wann *kannst* du denn reden? Du gehst mir schon den ganzen Tag aus dem Weg.«

Seine Ohren erleuchteten praktisch den ganzen Flur. »Ich kann nicht ... tut mir leid ... muss los.«

»Was ist dein Problem? Wovor hast du Angst?«

Doch Alex war verschwunden. Er war die einzige Person auf der Welt, von der ich immer gedacht hatte, mich auf sie verlassen zu können. Wie sehr kann ein Mensch sich irren?

»Ey, Chickenboy«, brüllte eine gehässige Stimme. »Stimmt es, dass deine Mum eine Schlampe ist und dein Dad deswegen abgehauen ist und bei einer Freakshow mitmacht?«

Von den Wänden des Flurs hallte ihr grausames Lachen wider.

Ich rannte raus auf den Hof und nahm den weniger frequentierten Weg um die mobilen Klassenräume herum, bis ich hinter dem Theatersaal einen passenden Beobachtungsposten fand, von dem aus ich jeden, der in die Cafeteria ging, sehen konnte. Ich hörte nicht, was Pete Hughes zu Callum Corcoran und den anderen sagte, aber aus ihrem Zahnpasta-Werbung-Lächeln schloss ich, dass es irgendwas über mich war.

Pete Hughes war der einzige Junge in der achten Klasse, der die »gesunde Mahlzeit« wählte, doch selbst wenn die Omas hinter dem Tresen ein paar Minuten länger brauchten, um das Hasenfutter zu orten, würde er in Null Komma Nichts wieder draußen sein. Mir blieb nur eins: Ich musste mich irgendwo verstecken.

Aber wo? Die Antwort kam mir wie ein Geistesblitz.

74

In meinen wildesten Träumen hatte ich mir nicht vorgestellt, jemals dort zu enden. In meinen schlimmsten Albträumen war ich nicht so verzweifelt gewesen.

13.35 Uhr

Der Hausaufgaben-Club, oder Nerd-Club, wie wir ihn nannten, war die unbeliebteste Truppe der gesamten Schule. Es gab eine Menge bescheuerter Mythen über den Hausaufgaben-Club (die Nerds bauten an einer Zeitmaschine, damit sie ins Jahr 1966 zurückreisen und die erste Folge von Star Trek sehen konnten, niemand durfte dem Club beitreten, der keine roten Haare oder eine Brille hatte, man musste Latein sprechen usw. usw.), doch es war sicher ein Funken Wahrheit an der ganzen Sache mit dem strengen Ruhe-Abkommen, denn alle zehn sahen augenblicklich von ihren Computer-Bildschirmen auf, als ich auf Zehenspitzen durch die Tür geschlichen kam.

Ich kannte niemanden, noch nicht mal den Lehrer, der friedlich neben seiner Zeitung (dem *Guardian*) schnarchte. Ich überlegte, ob ich vorgeben sollte, ein Buch zu lesen, als mich eine halb vertraute Stimme in Panik herumfahren ließ.

»Hallo, Sam.«

Das hatte mir gerade noch gefehlt. Stephen Allbright stand vor mir, *Großartige, moderne Schach-Eröffnungen* in der einen, ein Eier-Sandwich in der anderen Hand.

»Alles klar, Dumbo?«

»Niemand hier unten nennt mich so. Sag einfach Stephen, oder Steve, was dir lieber ist.«

75

»Meinetwegen.«

»Komm mit«, sagte er, einen kurzen Moment abgelenkt von der Gleichung einer Zehntklässlerin. »Ich sitze da drüben in der Ecke, wo das Periodensystem hängt.«

»Nein, schon in Ordnung. Ich bleibe einfach hier.«

»Los, Sam. Ich muss mit dir reden über dein ... Dilemma.«

»Welches Dilemma?«

Irgendetwas an der Art und Weise, wie er seine Augen rollte, überzeugte mich, ihm zu folgen. Er nahm eine Plastikschachtel von seinem Monitor und wedelte damit vor meinem Gesicht herum. »Eier-Sandwich?«

Ich hatte draußen kaum je ein Wort mit ihm gewechselt, doch für eine Sekunde war ich in Versuchung. »Äh, nein danke.«

»Ich weiß, dass du nicht in der Cafeteria warst. Jetzt erzähl mir nicht, du hättest keinen Hunger.«

»Woher weißt du ...?«

»Weil ich selbst mal in dieser Situation war, Sam. Los, nimm es.«

Dankbar biss ich in das Vollkorndreieck. »Was meinst du damit, dass du mal selbst in dieser Situation warst?«

»Du wirst dich nicht daran erinnern, Sam, aber in noch nicht allzu ferner Vergangenheit befand ich mich selbst auf der Opferseite. Tja, ich, ein ganz normaler Junge wie du; nicht beliebt oder so ...«

»Vielen Dank.«

»Aber jemand, mit dem man sein Sandwich teilen oder neben dem man gerne im Bus sitzen würde. Und dann hatten wir diese eine Mathestunde, erinnerst du dich?«

»Äh … eigentlich nicht.«

»Ich war dumm«, fuhr er fort und stützte seinen Kopf in die Hände – wie bei diesem Gemälde *Der Schrei*. »Ich habe Mrs Mendoza erzählt, ich könnte die Algebraaufgaben aus dem Kopf lösen. Und plötzlich war ich anders. Plötzlich fingen alle an, mich Dumbo zu nennen. Plötzlich wollte mich niemand mehr kennen. Selbst meine sogenannten Freunde haben mich im Stich gelassen – so wie dein Freund Alex dich.«

Wenn ich nur so überzeugt gewesen wäre, wie ich zu klingen versuchte. »Alex hat mich nicht im Stich gelassen.«

»So sieht es für mich aber aus.«

»Er ist …« – ich suchte nach diesem einen Satz, den Mum immer benutzte – »mit Familienangelegenheiten beschäftigt. Das ist alles.«

»Du meinst, er hat Angst davor, dass dieser Imperator oder wie auch immer er sich nennt, ihm das Leben ebenfalls zur Hölle macht, wenn er weiter mit dir rumhängt.«

»Alex ist mein bester Freund, so etwas würde er nicht tun.«

»Es hat schon andere beste Freunde gegeben, die sich verkracht haben.« Jetzt ging er mir auf die Nerven. »Lass es einfach gut sein, okay?« Ich griff in meinen Rucksack und zog irgendein Buch heraus. »Ich versuche, meine Hausaufgaben zu machen.«

»Ich habe seine geschmacklose, aber durchaus effektive Website gesehen, Samuel. Und glaub mir, wenn du nicht bald etwas dagegen unternimmst, könnten die Dinge *äußerst* unangenehm werden.«

»Was soll ich denn tun?«

77

»Du musst rausfinden, wer der Imperator ist. Ich kann dir dabei helfen, wenn du willst.«

»Nein danke, das schaffe ich schon allein.«

»Mach dich nicht lächerlich! Du hast nicht die leiseste Ahnung von Detektivarbeit.«

Die Tatsache, dass er so offensichtlich recht hatte, machte ihn noch nerviger. »Wenn du gestattest – ich versuche zu lesen.«

»Ich meine es ernst, Sam. Ich will dir helfen.«

»Halt die Klappe, Dumbo, ich habe kein Interesse. Verstanden?«

»Okay.« Er zuckte die Schultern und griff nach der Maus. »Aber wenn sich deine Meinung ändert, weißt du ja, wo du mich findest.«

Ich hätte ihm die Hand abbeißen sollen. Dumbos Vorhersage war stets so genau wie seine Chemiehausaufgaben; irgendetwas äußerst Unangenehmes würde passieren. Aber ich glaube, selbst das Klassengenie hätte nicht vorhersehen können, dass meine Wenigkeit in einem Film verewigt werden würde.

15.36 Uhr

»Ey, Chickenboy«, brüllte jemand, als ich in letzter Sekunde hinter den Büschen hervorkam, die Treppen hochhechtete und meine Fahrkarte vorzeigte. »Was ist auf deinem iPod?«

Ein Meer aus grinsenden Gesichtern wogte um mich herum und ich hatte das Gefühl, jeden Moment kotzen zu müssen. Die Augen auf den Boden gerichtet, schob ich mich den Gang entlang zu meinem üblichen Platz.

Alex saß am Fenster. In dem Moment, als ich mich hinsetzte, sprang er auf. »'tschuldigung.«

»Was ist los, Lex, was vergessen?«

»Kannst du mich bitte durchlassen?«

»Was?«

»Ich sagte: Lass mich durch!«

»Was ist los mit ...?«

Der ganze Bus johlte, als er sich hinter mir entlangdrückte und einen freien Platz weiter hinten fand. Ich griff automatisch in die Vordertasche meines Rucksacks, doch in letzter Sekunde fiel mir auf, dass es wahrscheinlich nichts Schlimmeres gab, als jetzt meinen iPod rauszuholen.

Barry, der Busfahrer, trat das Gaspedal durch und wir reihten uns in den Nachmittagsverkehr ein.

Auf halbem Weg in die Stadt ging mein Handy los. Ich versuchte es nicht weiter zu beachten, doch es war eine *Mission: Impossible*, einen solchen Klingelton zu ignorieren. Und dann fiel mir auf, dass eine Menge anderer Handys ebenfalls zu klingeln schienen – ein merkwürdiges Durcheinander aus *Jingle Bells*, ›*Ruf.Mich.An!*‹, *50 Cent*, ›*Message, message, message, message!*‹ und der Monty-Python-Melodie, die alle um Aufmerksamkeit konkurrierten.

»Ey, Chickenboy!«, kam eine Stimme von hinten. »Willst du nicht abheben?«

Es wurde mucksmäuschenstill, als mein Daumen die Tastatur berührte. Als ich kurz nach hinten schielte, sah ich einen ganzen Haufen Achtklässler, die wie gebannt auf ihre Handys starrten. Nur ein paar, die keine Handys hatten (das Kind aus der religiösen Sekte und der Junge, dessen Eltern ihm verboten, einen Raum zu betreten, in dem sich ein Fernseher befand), sahen den anderen eifrig über die Schultern.

Das war das Letzte, was ich jetzt noch gebrauchen konnte. Jemand hatte mir eine Videomessage zukommen lassen. Alex schickte des Öfteren irgendwelche Filmchen rum – er und seine Schwester beim Rumblödeln oder die neue Freundin seines Vaters von ihrer dümmsten Seite –, doch ich hatte das dumpfe Gefühl, dass das hier nichts zum Lachen sein würde.

Und damit lag ich goldrichtig. Auch wenn mich die Bildqualität an diese Anti-Raubkopien-Kampagne im Kino erinnerte, gab es keinen Zweifel daran, dass die Person im Vordergrund, die sich ein Käse-Tomaten-Panini in den Mund schob, ich war.

»Volltreffer!«, brüllte eine Stimme von hinten aus dem Bus, als der Junge mit dem Panini von einem fliegenden Ketchup-Tütchen getroffen wurde. »Genau ins Gesicht!«

In diesem Moment wurde mir klar, dass die Hälfte der Kids im Bus es auch sah. Mein Verdacht bestätigte sich, als der Junge mit dem Panini sein Gesicht mit der Schulkrawatte abwischte und ein Riesenlachschwall beinahe das Busdach wegblies.

»Was wünscht sich Chickenboy zu Weihnachten?«, brüllte Callum Corcoran. »Ein paar Freunde, denn er hat mit Sicherheit keinen einzigen mehr!«

Sie gackerten hysterisch, wie das Studiopublikum bei *Friends*.

Ich vergrub das Dadphone tief in meinem Rucksack, verschränkte meine Arme vor der Brust und betete, dass

niemand sah, dass ich zitterte wie Mums Joghurt-
maschine.

»Was ist los, Chickenboy?«, rief Pete Hughes.
»Schlechte Laune? Warum heitern wir ihn nicht ein
wenig mit Glenn Miller auf?«

Zuerst war es ein etwas halbherziges Duett, so als
würden deine Eltern deine Kumpels dazu zwingen,
»Happy Birthday« für dich zu singen, aber nach und
nach stimmten alle mit ein (selbst Callum Corcoran,
der eigentlich der Meinung war, Singen sei nur etwas
für Mädchen), bis der ganze Bus wie im Fußballstadion
grölte: »Da da da da da da da da da da da ...«

Ich schloss meine Augen, versuchte, so zu tun, als
würde das alles nicht passieren, und biss mir die Unterlippe blutig, um nicht »der Typ, der geheult hat« zu
sein. Doch mir blieb plötzlich das Herz stehen, als sich
jemand in den Sitz neben mir fallen ließ und mich
vorsichtig antippte. Mein Magen krampfte sich zusammen und ich war gefasst darauf, dass sich der Imperator
nun selbst vorstellen würde.

15.43 Uhr
»Alles in Ordnung, Sam?«

»Was zum Teufel ...« Meine Erleichterung wandelte
sich schnell in Ärger, als ich sah, dass es Stephen Allbright war.

»Solche Idioten. Weiß ja wohl jeder, dass Glenn Miller
nicht ›In the Mood‹ geschrieben hat.«

»Hä?«

»Nein«, sagte er, während er versuchte, vor Müll,

81

Apfelgehäusen und Beschimpfungen in Deckung zu gehen, die von hinten aus dem Bus auf uns herabregneten. »Das war ein nicht so bekannter Trompeter namens Wingy Malone. Ich dachte, das wäre Allgemeinbildung.«

»Sieh mal einer an!«, kam die Stimme von hinten. »Chickenboy und Dumbo sind die besten Freunde. Das nenn ich ein echtes Traumpaar.«

»Hau ab, Dumbo«, zischte ich und wusste nicht, ob ich seinen Mut bewundern oder über seine Dummheit staunen sollte. »Du machst es nur noch schlimmer.«

»Ich dachte, du könntest einen Freund gebrauchen.«

»Du bist aber nicht mein Freund, okay?«

»Gerade jetzt könntest du alle Freunde gebrauchen, die du kriegen kannst.«

»*Bitte*, geh einfach.«

Doch er gab nicht auf. Seine durchdringenden blauen Augen schienen in mir zu lesen wie in einem Buch.

»Ich kann dir helfen, Sam. Du musst es nur sagen.«

»Ich brauche deine Hilfe nicht.« Ich kickte seine glänzende Aktentasche zur Seite und kämpfte mich durch den Gang nach vorne. »Halten Sie an, ich will aussteigen.«

»Aber es sind noch zwei Haltestellen, bis du rausmusst«, sagte Barry, der Busfahrer.

»Ich habe versprochen, etwas für meinen Großvater zu besorgen.«

»Ach komm, Junge. Das wird ihnen bald langweilig werden.«

»Bitte, ich muss aussteigen.«

»Wie du willst«, sagte Barry, der Busfahrer, fuhr auf

einen Parkplatz und öffnete die Türen. »Aber lass dich nicht von ihnen unterkriegen, Sam. Sie machen sich nur einen Spaß.«

»Warum ist Chickenboy über die Straße gegangen?«, rief eine Stimme von hinten.

Ich stürzte so schnell aus dem Bus, dass ich die Pointe nicht mehr hörte. Ich sah auf zu den Gesichtern an der Scheibe – Callum Corcoran brüllte etwas, das nur obszön sein konnte, Animal machte dazu passende Bewegungen, Pete Hughes lächelte kühl und mir wurde bewusst, dass ich immer noch nicht den Hauch einer Ahnung hatte, wer der Imperator war.

Doch gerade, als ich dachte, die ganze Welt wäre gegen mich, entdeckte ich ein einziges sympathisches Gesicht. Abby wirkte fast so bestürzt, wie ich mich fühlte, als sie von ihrer Zeitschrift aufsah und mir ein aufmunterndes Lächeln schenkte. Das zweite Mal innerhalb weniger Minuten blieb mir das Herz stehen, aber dieses Mal auf eine gute Weise. Großvater hatte recht – wenn alle Stricke reißen, findest du heraus, wer deine Freunde sind.

16.18 Uhr

Großvaters Zimmer befand sich am Ende eines düsteren Flurs, neben dem Notausgang. Er hatte mir mal erzählt, dass »zweiundzwanzig zahnlose Gruftis, die ihre Rollatoren für eine Feuerübung auf den Parkplatz schubsen« das Lustigste war, was er jemals gesehen hatte. Tja, er hatte schon immer einen äußerst merkwürdigen Sinn für Humor gehabt.

Ich versuchte, eine fröhliche Miene für ihn aufzulegen, als ich ein Singen aus der Dunkelheit vernahm. Auch wenn ich die Worte nicht verstehen konnte, war das eines der traurigsten Lieder, die ich je gehört hatte. Und die Stimme war so schön (tief und dunkel und samtig), dass ich nicht anders konnte, als in die Richtung zu gehen. Sekunden später stand ich vor einer bekannten Tür.

Ich öffnete sie und ging hinein. »Hi, Großvater, was –?«

»Hallo, Sam«, sagte Paula, peinlich berührt. »Du kommst, um deinen Großvater zu besuchen, oder?«

»Das weißt du doch«, sagte ich und hatte das Gefühl, mitten in eine Szene geraten zu sein, die ich überhaupt nicht verstand. »Was ist passiert?«

Großvater saß in seinem gestreiften Pyjama am Fenster und wischte sich die Augen mit einem fleckigen Taschentuch. Seine Stimme war höher als sonst. »Paula und ich mussten ein paar Angelegenheiten besprechen. Stimmt doch, meine Liebe, oder?«

»Ja, das stimmt«, schniefte sie, nahm Großvaters Hand und drückte sie. »Warum lass ich euch Männer nicht allein, damit ihr weitermachen könnt?«

»Danke, Paula«, sagte er, als sie aus dem Zimmer watschelte. »Wenn du es genau so machst, wird es absolut großartig werden.«

»Was ist denn los mit ihr, Großvater? Warum hat sie geweint?«

»Sie hat nicht geweint, mein Junge – sie hat gelacht.«

Er sah sich ängstlich in seinem winzigen Zimmer um, so als wären Spione unter seinem Bett oder irgendetwas in der Art. »Hast du es bekommen?«

»Ja, Großvater.«

»Guter Junge. Du musst es öffnen, fürchte ich. Die Arthritis spielt mir übel mit.«

Ich wickelte es aus und legte es in seine klauenartige Hand. Er hielt es sich an die Nase, so wie ich es mal bei Dad mit einem Glas Wein gesehen hatte, und nahm dann einen riesigen Bissen. Es dauerte nicht lange, bis er den ganzen Mars-Riegel verputzt hatte. Mein Magen erinnerte mich plötzlich daran, dass er den ganzen Tag über nur ein Stück Toast und ein halbes Eier-Sandwich bekommen hatte.

»Sieht so aus, als hätte dir das geschmeckt, Groß-vater.«

»Das ist nur, weil es mein letztes war«, sagte er und leckte sich über die Lippen. »Nicht so aufregend wie das erste natürlich, aber was soll's?«

»Wirst du auf Diät gesetzt, Großvater?«

Er schüttelte den Kopf. »Mein Flugzeug steht auf der Startbahn, Sam, nicht mehr lange, bis es losgeht.«

»Aber du siehst gut aus«, sagte ich und erinnerte mich an Mum, die meinte, harmlose Lügen seien netter als die Wahrheit. »Warum denkst du, dass du ...?«

»Lass uns einfach festhalten, dass mein Flug aufgeru-fen wurde, und dann nicht mehr darüber sprechen. Ich kann allerdings nicht in dieses Flugzeug steigen, bevor du nicht mein Geständnis gehört hast. Hast du es schon gelesen?«

»Tut mir leid ... es ist gerade so viel ... los in der Schule. Ich habe nur das bisschen im Zug gelesen.«

»Ah ja«, sagte er und pulte einen Rest Mars zwischen seinen Zähnen hervor. »Der alte Tommy hat mir den Arsch gerettet, oder?«

»Und ihr seid die besten Freunde geworden, hab ich recht?«

Großvater nickte. »So war das im Krieg. Da hat man nicht lange rumgetan, weil man wusste, dass früher oder später einer dran glauben musste. Aber es ist lustig, wenn man bedenkt, wie schnell wir Freunde wurden, hatten Tommy und ich eigentlich nicht viel gemeinsam.«

»Was meinst du damit?«

»Mein Vater war Maler und Ausstatter und Mum hat für andere Leute gewaschen. Tommys Eltern hatten einen Süßigkeitenladen. Und er hat die Oberschule besucht und in einem Rechtsanwaltsbüro gearbeitet, während ich die Schule mit vierzehn geschmissen und mich rumgetrieben habe. Deshalb habe ich nach dem Krieg die Abendschule besucht.

»Aber was *hattet* ihr gemeinsam?«

»Na ja, zunächst einmal waren wir beide total verrückt nach Duke Ellington. Und dann war da natürlich unsere Vorliebe für Süßes.« Auf Großvaters Gesicht breitete sich ein riesiges Grinsen aus. »Mit solchen Eltern, um es mal so zu sagen, konnte Tommy sicherlich Lakritzstangen von Zitronenbonbons unterscheiden.«

Ich musste daran denken, dass Alex und mich *Star Wars* Lego zusammengeschweißt hatte.

»Aber es war noch viel mehr als das. Wir haben uns in der Gesellschaft des anderen einfach wohlgefühlt. Es war, als konnten wir spüren, was der andere dachte. Und wir wussten, dass wir uns in der Not aufeinander verlassen konnten – zumindest habe ich das geglaubt.«

Ich musste schon wieder an Alex denken. Ich wusste

86

nicht, was Großvater durch den Kopf ging, doch sein Grinsen war plötzlich verschwunden.

»Wie auch immer, mein Junge. Was war das gerade mit der Schule? Du steckst doch nicht etwa in Schwierigkeiten, oder?«

»Eigentlich nicht, es ist nur …«

Es war die perfekte Gelegenheit, ihm alles zu erzählen. Und es wäre so einfach gewesen. Er war nicht wie Dad (außer vom Aussehen her natürlich), er hätte nicht gesagt, ich solle mich zusammenreißen und ein Mann sein oder so was in der Art. Und im Gegensatz zu Mum hätte er nicht von mir verlangt, jedes schmerzhafte Detail noch einmal zu durchleben, in HD-Qualität und mit Dolby Surround. Aber ich konnte nicht. Er sollte nicht verkraften müssen, dass sein Lieblingsenkel ein feiges Huhn war.

»Was ist los, mein Junge? Irgendwas beschäftigt dich doch, oder? Du weißt, was ich von Geheimnissen halte. Los, Sam, warum erzählst du deinem alten Großvater nicht einfach alles?«

»Es ist nichts«, sagte ich und versuchte, den Blick seiner traurigen, wässrigen Augen zu meiden. »Ich fühle mich irgendwie ein bisschen …« Und weiter kam ich nicht, denn plötzlich war die Anspannung, einen ganzen Tag zu überstehen, ohne in der Öffentlichkeit zu heulen, einfach zu viel. Es begann irgendwo tief in mir, das unkontrollierbare Schluchzen, das von meinem Körper Besitz ergriff wie ein Zombie und sich nicht abschütteln ließ.

»Hey, mein Junge«, sagte Großvater leicht betreten und streckte sich, um mir durch das Haar zu wuscheln. »So schlimm wird es schon nicht sein.«

»Oh doch, ist es. Oh doch.«

Fünf Minuten später saß ich auf Großvaters Bett, lutschte an einem Stück Dosen-Ananas aus seinem »Geheimvorrat« und fühlte mich langsam wieder wie ein Mensch.

»Okay«, sagte er und machte es sich, auf seine Krücken gestützt, neben mir bequem. »Jetzt hol erst mal tief Luft und dann erzählst du mir alles.«

Und ich konnte es immer noch nicht, doch wenigstens konnte ich ihm einen Teil der Wahrheit erzählen – den Teil, für den ich mich nicht schämte. »Ich will nicht, dass du stirbst, Großvater.«

»Irgendwann müssen wir alle sterben, mein Junge. Das ist eine unvermeidliche Tatsache des Lebens.«

»Was soll ich nach der Schule machen?«

Ich merkte sofort, wie egoistisch das klang. Großvater lächelte nur und bot mir ein weiteres Stück Ananas an. »Ich bin mir sicher, da wird dir schon etwas einfallen. Abgesehen davon, dass dein Vater bald wieder da ist, hat so jemand wie du doch zig Kumpel. Was ist denn mit diesem Jungen mit der Brille, der auf dem Weihnachtsbasar so viel Spaß mit meinem Rollstuhl hatte? Wie hieß der doch gleich?«

»Alex«, murmelte ich und nahm ein Ananasstück, in der Hoffnung, das Thema wechseln zu können. »Hast du Angst, Großvater?«

Zuerst öffnete er seinen Mund und es kam kein Ton heraus. Als er zu sprechen begann, schien es, als könne er mir nicht in die Augen sehen. »Nein, nein ... natürlich nicht.«

»Ich wünschte, ich wäre so mutig wie du.«

»Lies den Rest meiner Geschichte, Sam, dann wirst du sehen, wie mutig ich wirklich bin.«

»Ich weiß doch schon, wie mutig du bist.«

»Versprich mir, dass du es tun wirst«, sagte er und drückte meine Hand so fest, dass es wehtat. »Es ist nicht mehr viel Zeit und du musst die Wahrheit kennen, bevor ...«

»Ich verspreche es.« Ich wollte ihn fragen, ob er an ein Leben nach dem Tod glaubte und all so was, aber das schien keine sehr höfliche Frage für jemanden, der glaubte, dass er sterben würde. »Was soll ich dir morgen mitbringen?«

»Wie wäre es mit einer schönen Dose Corned Beef?«

»Ich werde mein Bestes tun, Großvater. Bis morgen dann, okay?«

»So Gott will«, sagte er und gab mir einen kratzigen Kuss auf die Wange. »Vielleicht erzählst du mir dann, was dich *wirklich* bedrückt.«

»Also, tschüss«, sagte ich und ging zur Tür, bevor er mir noch mehr Fragen stellen konnte. »Hoffentlich ist *Der Schwächste fliegt* heute gut.«

»Ach, und Sam?«

»Ja.«

»Ich habe versucht, alles genau so aufzuschreiben, wie ich es in Erinnerung habe, aber im Marineteil gilt ein wenig das Prinzip der künstlerischen Freiheit.«

»Was meinst du damit?«

»Die durchschnittliche Seemannssprache war – gelinde gesagt – ziemlich derb und ich war da natürlich nicht anders. Meine armen alten Hände schmerzen allerdings auch schon so genug, da musste ich nicht auch noch all

die Obszönitäten niederschreiben. Die musst du dir
also vorstellen, fürchte ich.«

»Das ist in Ordnung. Mach ich genauso, wenn ich
Mum von der Schule erzähle.«

21.15 Uhr

»Das erinnert mich daran«, sagte Mum und schaffte es,
sich für zwei Sekunden vom Fernseher loszureißen,
»dass deine neue Freundin ständig anruft.«

»Sicher, dass es nicht Alex war?«, fragte ich hoff-
nungsvoll.

»Nein, Lexi würde ja irgendetwas sagen, während
deine kleine Freundin immer auflegt, wenn ich dran
bin. Ich habe versucht, die Nummer per Rückwärts-
suche im Internet zu finden, aber da gab es keinen
Eintrag.«

Ich musste nicht Sherlock Holmes sein, um zu wissen, wer der mysteriöse Anrufer war. Doch wie war der
Imperator an unsere Nummer gekommen? Mum hatte
uns aus dem Telefonbuch genommen, nachdem ihre
Klienten sie immer wieder angerufen und beleidigt hatten. »Vielleicht hat sich jemand verwählt.«

»Acht Mal? Das denke ich nicht.« Sie hörte auf zu
lächeln und setzte eine ernste Miene auf. »Sag ihr, dass
ich kein Monster bin, Sammy. Sag ihr, dass ich eigentlich eine ziemlich coole Mum bin.«

Ich notierte mir im Geiste, dass ich – sollte ich jemals
eine echte Freundin haben – diese so lange wie möglich
von Mum fernhalten musste. »Ja, okay, mach ich.«

»Und, wie war Schule?«

Das Schlimmste, was ich hätte tun können, wäre gewesen, ihr vom Imperator zu erzählen. Zwei Sekunden später hätte sie mich im Polizeigriff zur Schule geschleift und ein Gespräch mit Mrs Baxter, Vertrauenslehrerin für die achten Klassen, eingefordert. Und das hätte die Dinge nur noch schlimmer gemacht. Das Problem war, dass Mum das herausragende Talent hatte, die richtigen Fragen zu stellen, und wenn ich noch länger herumdruckste, würde sie mir alles aus der Nase ziehen.

»Schule war ... gut. Ich war im Hausaufgaben-Club.«

»Sicher nicht schlecht für dich.«

»Ich glaube, ich gehe hoch ins Bett, Mum. Ich habe Großvater versprochen, dass ich noch etwas von seiner Geschichte lese.«

»Worum geht es denn darin?«

»Ist alles über den Krieg, klingt ziemlich interessant.«

»Ich nehme an, er hat dir erzählt, wie er Hitler im Alleingang überwältigt hat. Kein Wunder, dass dein Vater ständig beweisen muss, was für ein Mann er ist.« Sie rutschte auf dem Sofa neben mich. »Na los, Sammy. Ich mache dir eine heiße Schokolade mit Marshmallows.«

Daran erkennt man die herausragende Fragestellerin.

»Nein, das ist nett, Mum. Ich möchte aber einfach gerne ein bisschen für mich sein.«

Sie schlug sich gegen die Stirn wie Leute, denen plötzlich klar wird, dass sie etwas Dummes getan haben. »Ja, natürlich möchtest du das. Was denke ich denn? Du willst nicht hier unten mit deiner alten Mutter sitzen ...«

»Das ist es nicht ...«

»Das verstehe ich«, sagte sie und klang dabei wie eine

91

dieser Darstellerinnen in den schrecklichen Sozialkunde-Videos. »Du bist jetzt in einem Alter, in dem du einfach mehr Privatsphäre haben willst. Darüber hätte dein Vater wirklich mit dir reden sollen, aber ich glaube, ich habe irgendwo ein Buch.«

»Tut mir leid, Mum, ich –«

»Sei nicht albern und denk, dass ich …« Ihre Unterlippe zitterte, als sie mich wegwinkte. »Geh schon, Sammy. Ich komme nachher noch mal zum Gute-Nacht-Sagen. Aber keine Sorge, ich werde anklopfen.«

Das Abrutschen vom Rand der Welt

HMS Raleigh
(Marine-Ausbildungsbasis)
Mai – Juni 1943

Tommy und ich waren von Anfang an Freunde. Es war diese Art von Freundschaft, die dir nur ein einziges Mal in deinem Leben widerfährt. Vielleicht hast Du bisher noch keinen besten Kumpel gefunden, doch glaub mir, Sam, Du wirst es merken, wenn es so weit ist. Wir waren so eng, dass wir fast die Gedanken des anderen lesen konnten. Wir erzählten uns alles. Es gab keine Geheimnisse zwischen uns. Wie auch, wo wir einander so gut kannten?

Und aus irgendeinem unerklärlichen Grund hatte Sharky Beal »den Professor« und mich ins Herz geschlossen. Sofern er einem nicht in den Ohren damit gelegen hat, dass er unbedingt »ein bisschen Kampfgeschehen« sehen will, konnte er gute Gesellschaft sein. Wenn wir nicht gerade auf dem Exerzierplatz antreten mussten oder unsere Palsteks und Stoppersteks übten (man nennt sie nicht Seemannsknoten!), haben wir uns mit einer Tasse ekligem Kaffee vor die NAAFI (eine Art Marine-Cafeteria) gesetzt, um über Gott und die Welt zu reden.

Aber weißt Du, Sam, Tommy hatte ein Geheimnis. Und auch wenn das im Vergleich zu dem Riesending, das ich die letzten sechzig Jahre mit mir rumgeschleppt habe, verblasst, war es nichts, womit du vor deinen Schiffskameraden prahlen würdest. An unserem letzten Tag auf der *HMS Raleigh* fand ich raus, was es war.

»Okay, Leute«, sagte Tiddley Norton, ein griesgrämiger Marineoffizier, der noch einmal aus dem Ruhestand zurückgeholt worden war. »Bevor wir euch auf den Feind los-

93

lassen, gibt es eine letzte Sache, die wir zu tun haben.«

Er marschierte mit uns zu einer Wellblechhütte am Rande des Exerzierplatzes und sagte, dass wir uns ausziehen sollten. Nach sechs Wochen Marinedisziplin waren wir schlau genug, Befehle nicht zu hinterfragen. Zwei Minuten später standen fünfzig verwirrt dreinblickende Rekruten stramm – lediglich in Unterhosen.

»Chief«, sagte Sharky. »Das ist doch wieder so eine Untersuchung, oder? Wird die Oberin meine Eier befühlen?«

Tiddley Norton lächelte sadistisch. »Du wirst gleich meinen Stiefel an deinem Arsch fühlen, wenn du nicht die Schnauze hältst, Beal. Und da du so ein Komiker bist, kannst du mit deinen Freunden zuerst gehen.«

In der Mitte der Hütte stand ein runder Metalltank mit einem Durchmesser von etwa drei Metern und vielleicht zweieinhalb Meter tief. Eine Eisenleiter führte über die Seite ins Wasser und es gab eine erhöhte Plattform, auf der ein Offizier mit einer langen Bambusstange in der Hand saß.

Tiddley Norton gab uns Schwimmwesten und befahl uns, sie anzuziehen. »So Gott will,

94

wird keinem von euch etwas passieren«,
sagte er. »Aber wenn es hart auf hart kommt,
so wie für meinen alten Freund Dusty Miller
in der Schlacht von Jütland, müsst ihr euch
auf eure Ausrüstung verlassen. Das ist
alles, worum es in dieser Übung geht.«

Auf Tiddleys Kommando musste jeder
Mann ins Wasser und die Leiter bis zum Grund
des Tanks runtersteigen. Wenn (und nur
dann!) einem der Mann mit der Stange auf
die Schulter tippte, sollte man die Leiter
loslassen und sich nach oben treiben
lassen.

»Also gut, Beal«, sagte Tiddley Norton.
»Warum zeigst du uns nicht, wie es geht?«

Als Sharky die Leiter hinabstieg, fühlte
ich eine feuchte Hand auf meiner Schulter.

In Tommys Stimme lag so viel Angst, dass
ich sie kaum erkannte. »Ich kann das nicht,
Ray. Sie können mich doch nicht zwingen,
oder?«

»Was meinst du, das kannst du nicht?«

»Ich kann nicht schwimmen«, sagte Tommy,
während sich seine Fingernägel tiefer in
meine Schulter bohrten. »Ich habe panische
Angst vor Wasser.«

Zuerst dachte ich, er würde einen Witz

machen. Seine schreckensgeweiteten Augen sagten etwas anderes.

»Warum hast du dich dann für die Marine entschieden?«

»Mein Vater war im letzten Krieg auf der *Indomitable*. Er hat mich praktisch in das Rekrutierungsbüro geschleift. Was soll ich jetzt machen, Ray?«

»Dir wird nichts passieren«, sagte ich und versuchte, mich selbst zu überzeugen – relativ erfolglos.

In der Zwischenzeit war Sharkys Kopf in dem trüben Wasser verschwunden.

»Ich muss hier raus«, sagte Tommy.

Ich erklärte ihm, dass Befehle Befehle waren.

»Das hasse ich an diesem Ort: Befehle, Befehle und noch mehr verdammte Befehle.«

Ich erklärte ihm, dass er es nicht an sich heranlassen sollte.

»Meinst du Illegitimi nil carborundum?«

Ich erklärte ihm, dass ich nicht wusste, wovon er sprach.

»Das ist Pseudolatein«, sagte er. »Es bedeutet: Lass dich nicht von den Sauhunden unterdrücken.«

Sharky schoss aus dem Wasser wie ein Tor-

pedo und kletterte aus dem Tank. »Alle Mann
an Bord der Skylark!«

»Gut gemacht, Beal«, sagte Tiddley
Norton widerwillig. »Nun dann, Riley, da du
Hummeln im Hintern zu haben scheinst, gehst
du besser als Nächster.«

Tommys Gesicht war kalkweiß. »Ich kann
das nicht, Chief!«

Tiddleys Gesicht war knallrot. »Was hast
du gesagt, Freundchen?«

»Lassen Sie mich als Nächstes gehen,
Chief«, sagte ich. »Riley fühlt sich nicht
besonders. In einer Minute ist er wieder
okay.«

»Wahrscheinlich an Psychotalclapsia
erkrankt«, kam mir Sharky zu Hilfe.

»Von mir aus«, sagte Tiddley Norton und
warf einen fragenden Blick auf Tommys
kreidebleiche Züge, »aber dann bist du der
Nächste, Professor. Du reißt dich besser
zusammen.«

Der Tank machte mir keine Angst.
Ich liebte es, unter Wasser zu sein.
Den Großteil meiner Kindheit habe ich
am Strand in Brighton verbracht und es
gab nichts Schöneres, als auf den Meeres-
grund zu tauchen und zu sehen, wie lange

ich dort sitzen konnte. (Der Trick ist, zuerst die Luft aus Deinen Lungen zu lassen, Sam.) Es ist so friedlich unter Wasser. Es ist einer der wenigen Orte, an denen du dich selbst wirklich denken hören kannst.

Und dort, auf dem Boden des Tanks, kam mir plötzlich ein schrecklicher Gedanke: Was, wenn Tommy es nicht schaffen würde? Ich weiß, das klingt egoistisch, aber ich hatten Angst, dass sie ihn wegen Befehls- verweigerung vors Militärgericht stellen würden. Ein Leben ohne Tommy wäre nicht auszuhalten gewesen, wie ich schon bald erfahren sollte.

Als ich nach oben kam, war der Teufel los. Tiddley Nortons Exerzierplatzgebrüll übertönte das aufgeregte Geplapper seiner jungen Rekruten. »Komm sofort hierher zu- rück, Riley. Wo zum Teufel willst du hin?«

Die Tür der Hütte stand weit offen. Tommy war nirgends zu sehen.

»Riley, komm sofort hier rein!«

Aber es war Sharky, der zuerst in der Tür erschien. »Alles in Ordnung, Chief«, sagte er, während er Tommy hinter sich herzog. »Riley war etwas komisch zumute, deshalb musste ich mit ihm rausgehen, damit er sich übergeben kann.«

»Damit er was?«, bellte Tiddley Norton.

»Muss an diesem Nierenfettkuchen gelegen haben, Chief«, sagte Sharky. »Aber jetzt ist er wieder voll hergestellt, oder, Professor?«

Tommy nickte wenig überzeugend.

»Alles klar, Riley, das ist deine letzte Chance. Steig jetzt diese Leiter hoch!«

Ich konnte kaum hinsehen. Tommys Gesicht hatte eine grünliche Farbe angenommen. Er stand da und starrte den Tank an, reglos, doch mit einem fast unmerklichen Zittern seiner Knie.

»Los, Tommy«, flüsterte ich. »Illegitimi nil carbo wieduesnennst.«

Er brachte ein schwaches Lächeln zustande und bewegte sich auf die Leiter zu wie jemand, der sich dem Schafott nähert. Zuerst war jede einzelne Sprosse die reinste Tortur. Dann gewann er langsam an Dynamik, bis er – als er oben angekommen war – wie ein echter Seemann wirkte.

Ich hatte die Panik in seinen Augen gesehen. Es grenzte an ein Wunder. Mut hat nichts mit dem zu tun, vor dem du Angst hast,

99

Sam. Wir alle haben Angst vor etwas, manchmal aus gutem Grund. Doch es zählt nur, wie du mit deiner Angst umgehst.

Auf Tiddley Nortons Gesicht breitete sich ein schiefes Grinsen aus, als er dem Mann mit der Stange ein Zeichen gab. Ich kann dir nicht sagen, wie stolz ich war, als Tommys Gesicht wieder auftauchte.

Wenn ich gewusst hätte, was einen knappen Monat später passieren würde, hätte ich ihn einen heiligen Eid schwören lassen, nie wieder einen Fuß in die Nähe von Wasser zu setzen.

Am nächsten Tag wurden wir zur Pompey-Kaserne beordert (wo das Essen ein kleines bisschen besser war, was Dich sicher freut zu hören), um auf unseren ersten Einsatz zu warten. Zwei Wochen später waren Tommy, Sharky Beal und ich in eine briefmarkengroße Koje auf dem vollgekotzten Unterdeck des Truppentransporters *Orion* abkommandiert worden.

»Werde ein bisschen Kampfgeschehen sehen«, murmelte Sharky. »Werde meine Familie stolz machen.«

Wir hatten eine sechswöchige Ausbildung

100

hinter uns, wir hatten nicht die leiseste
Ahnung, wohin es uns verschlagen würde,
wir kannten kaum den Unterschied zwischen
backbord und steuerbord und die meisten von
uns waren gerade mal ihren Kinderschuhen
entwachsen, aber nach Ansicht des »Minis-
teriums der Hohlköpfe« waren wir bereit für
den Krieg.

21.43 Uhr

Ich wollte nicht mehr weiterlesen. All das Zeug über die Freundschaft zwischen Großvater und Tommy Riley hatte mich deprimiert. Alex und ich waren »in den guten alten Zeiten« genau solche Freunde gewesen, doch jetzt wollte er nicht mal mehr im Bus neben mir sitzen und jedes Mal, wenn er mich sah, lief es nach dem Motto »Verschwinde und lass mich in Ruhe« ab.

Ich lag auf dem Rücken auf meinem Bett und dachte, es könnte nicht schlimmer kommen, als Mum an meine Tür klopfte und mir mal wieder das Gegenteil bewies.

»Post für dich, Sam«, sagte sie und reichte mir einen braunen A4-Umschlag, genau wie die, in denen sie manchmal ihre Notizen zu einem Fall aufbewahrte. »Ist gerade eben gekommen. Irgendwer hat geklingelt, aber als ich die Tür geöffnet habe, war niemand mehr zu sehen – muss von deiner Freundin sein.«

Ich studierte die ordentliche Schrift auf dem Umschlag: *Zu Händen von Herrn S. Tennant.*

»Ja, wahrscheinlich.«

Sie hatte sich erwartungsvoll in der Nähe meiner Klarinettenurkunde aus der dritten Klasse positioniert. »Ein bisschen förmlich, oder? Ich dachte immer, ihr jungen Leute gebt nichts auf die Schneckenpost. Außerdem wäre ich alles andere als begeistert, wenn ich wüsste, dass meine Tochter zu dieser Uhrzeit Liebesbriefe verteilt.« Ihr Gesicht wurde etwas weicher. »Trotzdem, es ist sehr romantisch, nehme ich an.«

»Ja, Mum.«

»Los, willst du ihn nicht öffnen?«

»Gleich, Mum.«

102

»Na ja, du kannst einem Mädchen keinen Vorwurf machen, weil sie es versucht hat.« Sie saß auf meiner Bettkante und zog mich in einer Art mütterlichem Schwitzkasten zu sich heran. Ihr Haar roch nach Apfel. »Was mich daran erinnert, dass ich mit dir über Donnerstag sprechen muss.«

»Das ist aber kein Recyclingtag, oder?«

»Ich muss abends arbeiten, tut mir leid. Wenn du deinen Großvater besucht hast, möchte ich, dass du zu mir in die Klinik kommst.«

Ich hasste diese Psychoklinik. Lauter durchgeknallte Kinder und bescheuerte Plakate, auf denen total offensichtliches Zeug stand, wie *Vorsicht mit kochendem Wasser!*. »Kannst du das nicht verschieben?«

»Das ist eine ernste Angelegenheit, Sam. Ich musste eine Extrasitzung mit der ganzen Familie einberufen. Die Panikattacken werden immer schlimmer. Wenn wir die Probleme dieses Kindes nicht bald an der Wurzel packen, könnte irgendjemand verletzt werden. Ich weiß schon, dass wilde Drohungen ein wesentlicher Bestandteil dieses adoleszenten Jekyll-and-Hyde-Gehabes sind, aber mitunter meint es auch mal jemand ernst.«

»Okay«, sagte ich und schüttelte den Umschlag wie ein Weihnachtsgeschenk, auch wenn ich tief in meinem Inneren wusste, dass das nicht der neueste Bond-Film sein würde. »Ich werde direkt zur Klinik kommen, wenn ich bei Großvater war.«

»Nacht, mein Schatz, schlaf gut und träum –« Manchmal sah Mum mich an, als wäre ich die wertvollste Sache auf der Welt; es war schön, aber irgendwie auch unheimlich. »Viel Spaß mit deinem Brief!«

103

Als ich mir sicher war, dass sie nicht noch mal reinplatzte, um mich an meine Sportsachen zu erinnern oder so was, riss ich den Umschlag auf und zog ein weißes A4-Blatt heraus.

Die Worte sprangen mir entgegen wie der Typ mit dem Messer in dem Film, von dem Mum meinte, ich hätte ihn besser nicht gesehen. Ich wollte nicht hinschauen, aber – genau wie in diesem Film – konnte ich nicht anders.

Ich hatte es mindestens zehnmal gelesen, bevor ich das entsetzliche Teil unter mein Kissen stopfte und überlegte, was ich als Nächstes tun sollte. Ich kann nicht geradeaus gedacht haben, denn das Erste, was ich wollte, war Musik. Wenn Duke mir nicht helfen konnte, meine Gedanken zu sortieren, dann konnte es niemand.

Ich griff nach meinem Rucksack und wühlte in der Vordertasche. Mum hatte recht – der brauchte mal dringend eine »ordentliche Entrümpelung«. Das Innere war ein einziger Glückstopf: Ich fand eine halbe Rolle Mints, ein Geodreieck, 50 Cocktailschirmchen (fragt nicht), den Zahn, der mir mal in Deutsch rausgefallen war, einen Lego-Hagrid, meinen Stundenplan und etwas Weiches, Klebriges ... ABER KEINEN IPOD.

Vielleicht war er mir in Wirtschaft rausgefallen (das konnte nicht sein, ich war immer total vorsichtig) oder ich praktizierte hier gerade etwas, das Mum als »Jungs-Hinschauen« bezeichnete, und der iPod war weiter unten im Rucksack vergraben. Also wühlte ich noch eine Weile darin herum, wie ein Arzt, der versuchte, einen Patienten wiederzubeleben, von dem er bereits wusste, dass er tot war. Letztlich war die Diagnose eindeutig: Jemand hatte meinen iPod gestohlen.

Aber wie? Ich hatte meinen Rucksack den ganzen Tag bei mir gehabt. Und warum? Ich wusste nicht, wie viel Hühnerkacke ich hatte beseitigen müssen, bis Mum mir erlaubt hatte, den iPod zu bestellen. Das durfte nicht wahr sein. Mein Leben war so ein Riesendesaster, dass ich mir fast wünschte, ich wäre to-, nein, nein, so weit war es noch nicht gekommen. Wie war gleich Tommy Rileys Motto? *Illegitimi nil carborundum*? Und was bedeutete es noch mal?

Es gab nur eine Sache, die ich tun konnte. Ich holte das Dadphone hervor und fühlte mich im warmen Schein der beleuchteten Tastatur schon gleich ein bisschen besser. Seine Stimme zu hören, würde schon reichen. Hätte ich etwas mehr von einem Hardman gehabt, so wie er, dann wäre ich jetzt nicht in dieser Verfassung.

»Sam, bist du's?«, fragte Dad.

»Wollte nur anrufen und dir Hallo sagen.«

»Das freut mich, mein Sohn, aber ich gehe gerade meinen Plan für das Rennen durch. Kann ich dich danach zurückrufen? Es war doch nichts Dringendes, oder?«

Er sollte nicht hören, dass ich kurz davor war zu weinen. »Nein, Dad.«

»Sam, wie geht es deinem Großvater?«, fragte er besorgt.

»Er meint, dass er ...« (Das war nicht gut, ich konnte es ihm nicht erzählen. Ich wusste, wie sehr es ihn aufwühlen würde, wenn er dachte, Großvater wäre unglücklich.) »Er meint, dass er öfter mal runter in die Lounge geht, um sich den Singsang anzuhören.«

»Großartig«, sagte Dad und klang erleichtert. »Nun,

wenn es dir nichts ausmacht, mein Sohn ... ich muss weitermachen. Ich rufe dich nach dem Lauf an.«

»Viel Glück, Dad. Oh, und Dad ... Dad? *Dad* ...«

Er hatte aufgelegt. Das war es dann wohl. Was konnte ich noch tun? Kein iPod, ich wagte es nicht, ins Internet zu gehen, falls irgendein Idiot begann, mir Mails zu schicken, und nicht mal mein eigener Vater hatte Zeit, mit mir zu sprechen. Es gab nichts, das mich davon abhielt, unter mein Kissen zu fassen und den Brief des Imperators hervorzuziehen. Aber ich musste ihn nicht noch einmal lesen. Die Worte hatten sich bis in alle Ewigkeit in meine Erinnerung gebrannt.

**DU WILLST WISSEN,
WER ICH BIN?**

**DONNERSTAG
1. PAUSE
TOILETTE IM MUSIKTRAKT**

DER IMPERATOR

Donnerstag

(Woche zwei)

10.57 Uhr

Bald hatte das Katz-und-Maus-Spiel ein Ende. Auf eine merkwürdige Art war ich erleichtert. Auch wenn ich den Bus nicht mehr genommen und alles in meiner Macht Stehende getan hatte, mich unauffällig zu verhalten, lauerte die Bedrohung überall und ich hatte das schreckliche Gefühl, dass es jede Sekunde losgehen konnte.

Dienstagmittag hatten sie ein Foto von mir beim Krippenspiel in der Vorschule an das Schwarze Brett gepinnt. Eigentlich sollte ich ein Kamel sein, aber irgendwer hatte in großen roten Buchstaben *Kentucky Fried Chickenboy* unter das Foto geschmiert. Am Mittwoch hatte ich mich so sehr vor ihren geflüsterten Drohungen und dem Hühnergegacker gegruselt, dass Mrs Mendoza mir meinen ersten Verweis für »andauernde Unachtsamkeit im Unterricht« verpasste.

Das waren die einsamsten 48 Stunden meines Lebens. Mum war zu sehr mit ihrer Arbeit beschäftigt, um zu merken, dass ich permanent kurz vorm Heulen war, Dad hatte offensichtlich keine Zeit, mich zurückzurufen, und Großvater bestand weiterhin darauf, dass er »nicht mehr lange auf dieser Welt war«. Am Donnerstagmorgen war ich ein übernächtigtes Wrack.

Das Läuten zur ersten Pause klang wie eine Totenglocke. Es gab eine Million Dinge, die ich lieber getan

hätte, doch irgendetwas sagte mir, dass ich das durchziehen musste.

»Wette, du kannst es nicht bis morgen erwarten, was,
Chickenboy?«

Und seine Worte klangen mir immer noch im Ohr,
als ich aus dem Informatikraum schlüpfte und auf den
Schulhof ging. Ich scannte den Hauswirtschaftstrakt
nach versteckten Attentätern ab und betete, dass mir
niemand folgte.

Callum hatte natürlich recht, der Freitag konnte
nicht schnell genug kommen, doch ich hatte das unangenehme Gefühl, dass er eher den Ausflug zur *HMS
Belfast* meinte und nicht den glorreichen Moment, wenn
die Pausenglocke das letzte Mal läutete und eine weitere
Schulwoche vorbei war.

Ich hockte mich hinter einen dieser neuen Mülleimer,
die niemand benutzte (es gab einen speziellen Teil zum
Dosenrecyceln), und wartete, bis der Rest meiner »Klassenkameraden« an mir vorbei zur Cafeteria gegangen
war. Sie sahen so glücklich aus, lachten und machten
Witze und alberten herum. Seitdem der Imperator auf-
getaucht war, schienen sich Feindschaften, die seit der
ersten Klasse bestanden, in Luft aufgelöst zu haben.
Chelsea zeigte Gaz Lulham ihr neues Handy, Pete
Hughes und Animal diskutierten über eine Website und
plötzlich schien Callum Corcoran jedermanns bester
Kumpel zu sein. Selbst Dumbo stapfte zufrieden in der
Gegend rum, blinzelte in die Sonne und mampfte ein
Eiersandwich.

Sobald sie außer Hörweite waren, flitzte ich Richtung Krankenzimmer und schlug den schattigen Weg

neben dem überdachten Gang ein, bis ich vorm Musiktrakt stand. Und dann begann ich, noch mal genauer nachzudenken. Ich näherte mich den automatischen Türen wie ein Bombenentschärfer, der sich Zentimeter für Zentimeter auf einen verlassenen Rucksack zubewegt. Ich tat das nur für etwas, das Großvater gesagt hatte. Sonst wäre ich nicht hier gewesen. »Doch es zählt nur, wie du mit deiner Angst umgehst.« Das war die Gelegenheit, ihm recht zu geben. Ich würde mich meinem Angstgegner stellen. Es war an der Zeit, dem Imperator gegenüberzutreten.

Aber was, wenn das eine Falle war? Was, wenn sie sich alle in den Kabinen versteckten? Was, wenn das ein Hinterhalt war und sie alle auf mich einprügelten? Ich schluckte die Kotze runter, die mir den Hals hochkam, und sah in den bedrohlichen Himmel. Ich konnte geradezu hören, wie Mum in einen Monolog zum Thema globale Erderwärmung verfiel. Als ich wieder nach unten blickte, waren die Türen zum Musiktrakt aufgeglitten. Während die ersten Regentropfen auf den überdachten Gang fielen, ging ich hinein. Ich rannte die Treppe nach oben, doch die schlechten Lichtverhältnisse im Flur des Musiktrakts ließen mich meinen Schritt verlangsamen und ich legte den Weg bis zu den Jungentoiletten wie eine übervorsichtige Schnecke zurück. Das erste Mal überhaupt checkte ich, dass Miss Hoolyhan die Wände mit Zeug über die »großen Komponisten« gepflastert hatte. Ich las gerade, dass das *russische Genie Dmitri Shostakovich (1906–1975) auch ein qualifizierter Fußballschiedsrichter* war, als ich ein unterdrücktes Lachen hörte.

»Was war das? Wer ist da?«

Donnerstags in der ersten großen Pause fanden keine Proben statt. Außer irgendjemandem, der in der Ferne ein Cello quälte, schien niemand sonst da zu sein, aber jetzt war das spöttische Lachen so übermächtig, dass ich glaubte, es wäre direkt in meinem Kopf. Nachdem mir klar geworden war, dass es aus den Lautsprechern über mir kam, setzte auch noch ein donnerndes Schlagzeugsolo ein (wie der Kram, den Callum Corcoran Miss Hoolyhan gegeben hatte, als wir unsere eigenen CDs mitbringen sollten) und ein sich wiederholender Refrain des Saxofon-Parts aus »In the Mood«.

»Schnauze! Haltet die Schnauze!«, schrie ich. Doch es wurde nur noch schlimmer: Die Krönung dieser Zusammenstellung war der unverkennbare Klang von Mums Telefonstimme – *Wer ist da bitte? Wer ist da bitte? Wer ist da bitte?* – in einer Dauerschleife.

»Hört auf, hört auf ...« Ich stürmte den Flur des Musiktrakts entlang wie ein gedopter 200-Meter-Läufer. Alles, was ich wollte, war, diese pochende Tonspur aus meinem Kopf zu bekommen. Vor fünf Minuten war meine einzige Emotion Angst gewesen, aber jetzt, wo der Imperator begonnen hatte, Psychospielchen zu spielen, die meine Mutter miteinbezogen, waren es eher 70 Prozent Angst und 30 Prozent Wut. Ich stürzte ins Ziel, platzte in die Jungentoilette und kam schlitternd vor den Pissoirs zum Stehen.

»Okay«, sagte ich, selbst überrascht, wie fest meine Stimme klang. »Hier bin ich also. Was willst du?«

Und dann brach die »Musik« abrupt ab.

In der markerschütternden Stille, die folgte, klang ich nicht mehr ganz so selbstsicher. »Also, ich weiß nicht, wer du bist, aber warum erzählst du mir nicht einfach, was dich nervt, und vielleicht ...«

Und dann ging das Licht aus.

Das letzte bisschen Wut tropfte aus meinen Fingerspitzen und ich kauerte in der Dunkelheit, die Arme vor meinem Gesicht ausgestreckt wie ein Boxer, der in den Seilen hing. »*Bitte* ... Sag mir doch einfach, was ich gemacht haben soll ... das wollte ich nicht ... Wenn du mich nicht magst – ich kann mich ändern ... bitte, bitte, es ist wirklich dunkel hier drinnen ...«

Das Solo der Blinden Kuh schien noch eine Ewigkeit anzudauern, bis – wie eine Antwort auf meine fieberhaften Gebete – das Licht wieder anflackerte. Zwei Sekunden später hörte ich ein unterdrücktes Kichern vor der Tür, gefolgt von galoppierenden Schritten auf dem Flur.

Ich raste nach draußen, aber es war zu spät. Alles, was ich sah, waren zwei Schuljacketts von hinten, die im Treppenhaus verschwanden. So viel dazu, meinen Ängsten ins Auge zu sehen – ich war klitschnass geschwitzt, mein linkes Augenlid hörte nicht auf zu zucken und ich wusste immer noch nicht, wer der Imperator war.

»Alles okay mit dir, Samuel?«

»*Was* ... Sie haben mich erschreckt, Miss.«

Miss Hoolyhan trug ein Paar Kopfhörer, die zum Musiktrakt gehörten, um den Hals. »Das wollte ich nicht.«

»Haben Sie gesehen, wer das war, Miss?«

»Ich habe keine Menschenseele gesehen«, antwortete sie. »Ich dachte, alle wären draußen auf dem Schulhof.«

»Aber sie müssen diesen schrecklichen Lärm gehört haben.«

»Ich war mit meiner Entspannungs-CD beschäftigt.

Da bin ich immer total weg. Sonst alles in Ordnung mit dir? Deine Augen sehen schrecklich –«

»Heuschnupfen, Miss.«

»Hör zu, Sam, wenn es irgendetwas gibt, worüber du reden möchtest – ich bin immer hier, wie du weißt.«

Ich war *so* kurz davor, es ihr zu erzählen. »Mir geht's gut, Miss.«

»Na gut, alles klar«, sagte sie widerstrebend. »Aber bevor du rausgehst, solltest du dich noch ein bisschen frisch machen.«

»Ja, Miss. Danke, Miss.«

Vielleicht hatten Großvater und ich mehr gemeinsam, als ich dachte. Das Erste, was ich tat, war, das Waschbecken bis zum Rand volllaufen zu lassen und meinen Kopf einzutauchen; lustig, wie mich das immer zu beruhigen schien. Doch das hielt nicht an. Nach einer Minute oder so (mein Rekord waren 68 Sekunden) musste ich hochkommen, um Luft zu schnappen. Und dann sah ich die Worte auf dem Spiegel.

In Blutrot, genau wie der Brief des Imperators und das Bild am Schwarzen Brett, stand dort: TROTTEL.

Mein Blick blieb einen Moment dort haften. Dad sagte immer, ich dürfe mich niemals von meinen Emotionen überwältigen lassen, doch irgendetwas in mir war kurz vorm Durchdrehen.

11.13 Uhr

Ich stürzte aus der Toilette und hatte wieder alles im Griff, rannte den Flur entlang, die Treppen runter, raus in den strömenden Regen und über den Schulhof, mit

113

jedem durchnässten Schritt wütender. Nachdem ich schließlich die Cafeteria erreicht hatte, fühlte ich etwa ein Prozent Angst und 99 Prozent blinde Wut.

Und da saßen sie alle – die Schnauzen tief in Plastikbecher mit Nudeln getaucht, stopften sich mit Chips voll und spülten das Ganze mit Capri-Sonne runter. Durch die Cafeteria ging ein gedämpftes Lachen, als sie meine klitschnasse Gestalt in der Tür stehen sahen.

»Guckt mal«, sagte Callum Corcoran. »Chickenboy hat sich eingepinkelt.«

Doch ich war so wütend, dass mir das egal war. Es herrschte eine erstaunte Stille, als ich auf sie zumarschierte und forderte: »Wer von euch ist es? Sitzt hier nicht blöd rum und kichert wie die Schulmädchen!«

»Magst du keine Mädchen?«, fragte Pete Hughes.

Ich nahm all meinen Mut zusammen und holte zu einem erneuten Schlag aus. »Na los, ich will es wissen. Was ist denn, bist du ein elender Feigling oder was?«

Das übliche hohe »Ohhhh« erklang.

Ich blieb standhaft. »Ich gehe nicht eher weg, bis ich herausfinde, wer es ist. Ich meine es ernst – also, wer von euch ist der Imperator?«

Und es fühlte sich gut an, einmal die Kontrolle zu übernehmen. Ich spürte ihre Panik. Das nervöse Gehüstel und die verstohlenen Blicke konnten nur eins bedeuten: Der Imperator war kurz davor, sich zu zeigen.

Es gab ziemlich viele Dinge, die meinen Dad ärgerten, doch eine Sache, die ihn *wirklich* auf die Palme brachte, waren die Zwei-Stunden-Krimis im Fernsehen, wenn sich herausstellte, dass der, »der es getan hat«, ein unbedeutender Verwandter des Opfers war, der seinen

Auftritt in den letzten fünf Minuten gehabt hatte. Aber das war das wahre Leben, deshalb hätte ich wahrscheinlich nicht allzu überrascht sein sollen, als sich herausstellte, dass es die Person war, die ich als Erstes in Verdacht gehabt hatte.

Callum Corcoran erhob sich langsam, machte ein paar Schritte auf mich zu und grinste. »Ich bin der Imperator«, sagte er.

Es war total unlogisch, doch einfach nur zu wissen, wer mich so sehr hasste, war eine echte Erleichterung.

Aber dann stand auch Gaz Lulham auf. »Ich bin der Imperator«, sagte er.

Gefolgt von Chelsea: »*Ich* bin der Imperator.«

Und Animal: »Ich bin der Imperator.«

Und Pete Hughes: »Ich bin der Imperator.«

Es folgten noch ein paar andere Scherzkekse der achten Klasse, bis mein Kopf von ihrem brutalen Gelächter fast explodierte und ich raus in den strömenden Regen stolperte und blind drauflosrannte – bis ich zu dem einzigen Ort in der Schule kam, von dem ich wusste, dass ich allein sein konnte.

11.15 Uhr

Die Millennium-Pagode wurde im Schulprospekt als »ein speziell errichteter Entspannungsbereich für Ihre Kinder« beschrieben. Natürlich ging dort niemand hin. Es half auch nichts, dass sie sich auf dem Weg zu den Allwetter-Hockeyspielfeldern befand und wie etwas aus einem Pokémon-Film aussah.

Regen floss wie ein Sturzbach das ornamentale Dach

herunter und bildete eine Mauer aus Wasser, als er auf
dem Beton aufkam. Ich saß auf der grauen, hölzernen
Picknickbank, den Kopf in die Hände gestützt, zitternd,
verwirrt, und fragte mich, ob dieser Albtraum jemals
enden würde.

Jeglicher Kampfgeist in mir war erloschen. Mir war es
sogar egal, wenn sie mich weinen sahen. Nichts hatte
mehr einen Sinn. Das erste Mal in meinem Leben
wünschte ich, dass ich tot wäre.

»Sam, Sam, bist du das?«

Eine rote Regenjacke erschien draußen in der Flut.
Ich erkannte sie sofort – es war genau die, von der Pete
Hughes auf dem Klassenausflug in der Siebten gesagt
hatte, dass sie wie »ein schwangerer Weihnachtsmann«
aussah. Sie kam in die Millennium-Pagode und setzte
sich mir gegenüber.

»Geht's dir gut, Sam? Du siehst wirklich fertig aus.«

»Alles in Ordnung, nur ein bisschen ... Heuschnupfen. Und ich habe nicht allzu gut geschlafen.«

Abby zog ihre Kapuze ab und das mausgraue Haar
fiel ihr auf die Schultern. »Ich habe gesehen, was sie
mit dir gemacht haben. Hier, nimm noch ein Taschentuch.«

»Danke. Das wird jetzt langsam zur Gewohnheit,
was?«

Als sie lächelte, nahm ich die Zahnspange überhaupt
nicht wahr. Alles, was ich sah, waren ihre traurigen
braunen Augen. »Ich weiß, wie sich das anfühlt, Sam. Es
tut weh, oder?«

»Ja.«

Ihre weiche, angenehme Stimme war wie einer dieser

116

Massagestühle, die es in Einkaufszentren gab. »Wir können reden, wenn das hilft.«

»Ich bin nicht sicher, ob ...«

»Ich werde es niemandem verraten«, sagte sie und nahm eine kleine Schachtel aus der Vordertasche ihrer Regenjacke. »Ich kann ein Geheimnis für mich behalten, weißt du.«

»Das ist es nicht.«

Sie hielt mir die Schachtel hin. »Hier, nimm eins. Und dann kannst du mir alles erzählen.«

»Was ist das?«

»Türkischer Honig – hat der ›Verlobte‹ meiner Mutter von seiner Geschäftsreise mitgebracht.«

»Danke.« Es war weich und klebrig und ein bisschen zu süß, aber es schmeckte gut. »Deine Mum heiratet – ist das nicht ein bisschen komisch?«

»Wem sagst du das ...«

»Du klingst nicht gerade begeistert.«

»Da gibt es wenig, was ich machen kann, oder?«

Sie trommelte mit ihren zarten Fingern auf die Tischplatte. Ich verspürte diesen absurden Drang, hinüberzugreifen und ihre Hand zu nehmen. Zum Glück konnte ich mich gerade noch beherrschen. »Ich mag deine Fingernägel.«

»Schon gut, Sam, aber warum sagst du mir nicht einfach, was passiert ist?«

Also ging ich zurück und erzählte ihr alles, angefangen bei meinem virtuellen Mord bis hin zur letzten Demütigung in der Toilette des Musiktrakts und dem unglücklichen Zwischenfall in der Cafeteria. Ich erzählte ihr wirklich *alles*; Abby war eine so gute Zuhörerin,

117

dass ich nicht mal die Sache mit Mum und meiner imaginären Freundin ausließ. Sie unterbrach mich nicht, lächelte an den Stellen, die ich versuchte, etwas lustiger klingen zu lassen, als sie eigentlich waren, und ließ mich bis zum bitteren Ende ausquatschen.

»Das ist schrecklich, Sam. Kein Wunder, dass du dich so schlecht fühlst.«

»Mit dir zu reden, hat die ganze Sache eigentlich schon viel besser gemacht. Das hat wirklich geholfen – danke.«

Der Hauch einer Errötung glitt langsam ihr Gesicht hinab, wie der letzte Vorhang. »Das ist super, Sam, aber ...« Sie verstummte.

»Aber was?«

»Ach, wahrscheinlich hat das gar nichts weiter zu bedeuten.«

»Na los, es ist ja nicht so, dass mein Leben noch viel schlimmer werden kann.«

»Na ja«, sagte Abby und fuhr sich mit der Zunge über die Lippen. »Hast du gestern Abend diese schreckliche Chickenboyz-Website gesehen?«

»Im Moment will ich nie wieder ins Netz gehen.«

»Ich dachte, dass ich herausfinden könnte, wer dieser Imperator ist, aber als ich auf der Seite war, habe ich etwas über den Ausflug morgen gelesen.«

Ich hatte versucht, das zu vergessen. Ein eiskalter Schauer lief mir über den Rücken.

»Und was stand da?«

»Das ist doch egal.«

»Los, Abby, was stand da?«

Sie begann, nervös auf einem ihrer kirschroten Fingernägel herumzukauen.

118

»Bitte, du musst es mir sagen!«

»Na ja, da stand ...« Sie schüttelte den Kopf und umschlang sich so fest mit den Armen, dass ihr Regenmantel wie eine Zwangsjacke aussah. »Da stand, dass der Imperator vorhat ... dich zu töten.«

»Da stand *was*?«

»Du weißt doch, wie Kinder sind«, sagte sie und quetschte sich aus dem Picknicktisch heraus. »Sie behaupten, dass sie irgendwas machen werden, und am Ende ziehen sie es sowieso nicht durch.«

»Genau dasselbe sagt meine Mum auch.«

»Tut sie das?«

»Was soll ich machen, Abby?«

Sie bewegte sich rückwärts auf den Regenvorhang zu. »Ich hätte meine Klappe halten sollen. Ich wollte dir nicht noch mehr Angst einjagen. Ich dachte nur, dass du das wissen solltest.«

»Ich bin froh, dass du es mir erzählt hast.«

»Also, ich muss los. Meine Hose ist schon klitschnass. Wenn ich die nicht vor dem Klarinettenunterricht wechsle, bekomme ich gleich wieder einen Asthmaanfall. Du bist vorsichtig, ja? Ich fände es eine Riesensauerei, wenn dir etwas passiert.«

»Danke.«

»Ich denke an dich.«

Und dann geschah etwas Magisches. Ich weiß nicht warum, doch irgendwie hatte mich das Gespräch mit Abby stärker gemacht. Sie wollte gerade in den Regen hinausgehen, als mir eine seltsame Idee in den Kopf schoss. Ich konnte selbst kaum glauben, dass ich das sagen würde. »Abby?«

119

»Ja.«

»Würdest du vielleicht irgendwann mal mit mir ausgehen?«

Sie sah beinahe genauso überrascht aus, wie ich es war. Die Röte schoss ihr wie ein wütender Vulkan ins Gesicht und innerhalb von Nanosekunden war es nicht mehr von ihrer Regenjacke zu unterscheiden. »Äh, ich ...«

»Es gibt doch dieses neue LaserQuest im Freizeitzentrum oder wir könnten ins Kino gehen oder so.«

Ich fühlte mich wie ein Teilnehmer einer Castingshow – die quälende Stille, bevor die Jury verkündet, ob du weiterkommst. Ich kann gar nicht sagen, wie erleichtert ich war, als sich ihr erstaunter Blick in ein breites Grinsen verwandelte.

»Warum nicht? Wird bestimmt lustig.«

»Also ist das ein Ja?«

»Es ist ein Vielleicht, Sam. Lass uns abwarten, bis ...« Sie winkte, zog ihre Kapuze zurecht und ging zögernd in den Regen hinaus.

Ich sah ihr nach, bis sie nur noch ein kleiner roter Klecks in der Ferne war, aber ich war so stolz auf mich, dass es mir – noch bevor sie die Sporthalle erreicht hatte – in den Fingern juckte, Alex eine SMS zu schicken. Doch als ich nach meinem Handy griff, wurde mir klar, wie wenig Sinn das haben würde. Es dauerte genau zwei Sekunden, bis das alte Gefühl der Hoffnungslosigkeit wieder zum Vorschein kam.

Dieses Mal gab es allerdings einen riesigen Unterschied. Vor zehn Minuten hatte ich sterben wollen; was ich aber *wirklich* wollte war mein altes Leben zurück.

120

Vor zehn Minuten hatte ich mich hinlegen und aufgeben wollen. Eine Freundin wie Abby an meiner Seite zu wissen, hatte mir den Mut gegeben, aufzustehen und zu kämpfen.

Keine Ahnung, wie ich das tun sollte. Ich war so gelähmt, dass ich kaum atmen konnte. Das letzte Mal war ich in der Sandkiste im Kindergarten in eine Rauferei verwickelt gewesen – dazu kam, dass ich nicht mal wusste, gegen wen ich kämpfte –, doch ich war bereit für den Krieg.

Was ich brauchte, war ein starker Verbündeter. Es gab nur eine Person, die mir helfen konnte. Und ich hoffte, dass es noch nicht zu spät war.

13.35 Uhr

»Es ist ziemlich einfach, Suzy. Wenn x gleich minus vier ist, ist der erste Faktor null. Und wenn x gleich zwei ist, ist der *zweite* Faktor null. Aber – und das ist entscheidend – wenn einer der Faktoren null ist, ist das ganze Produkt null. Okay?«

»Danke, Stephen. Du erklärst es viel besser als der alte Mendozey.«

Dumbo beamte sich zu seinem Schützling aus der Zehnten. Sein Lächeln suchte das Weite, als er mich sah. »Was willst *du* denn?«

»Kann ich dich kurz sprechen, bitte?«

»Siehst du nicht, dass ich beschäftigt bin?«

»Bitte, ich brauche deine Hilfe. Es ist dringend.«

»Ach, jetzt brauchst du meine Hilfe? Ich dachte, du hättest unmissverständlich klargemacht, dass meine freundschaftlichen Annäherungsversuche komplett unerwünscht sind.«

»Bitte, ich bin verzweifelt.«

Er sah mich prüfend an wie eine seiner Gleichungen. »Okay, du kommst besser mit ... Wenn du noch irgendwelche Fragen hast, Suzy, dann ruf einfach.«

Er führte mich rüber zur Tafel mit dem Periodensystem, holte ein paar Cracker hinter seinem Monitor hervor und gab mir zu verstehen, dass ich mich setzen sollte. »Gut, Sam, was ist das Problem?«

Ich reichte ihm den Brief des Imperators. »Irgendwer hat den Montagabend vor unsere Haustür gelegt.«

Er hielt den Brief hoch gegen das Licht, schnupperte daran wie der Foxterrier unseres Nachbarn und schnaubte verächtlich. »Bisschen melodramatisch, findest du nicht?«

»Ist es das?«

Sein Heft war übersät mit Hieroglyphen. Er blätterte zu einer leeren Seite und griff sich seinen Kugelschreiber. »Du fängst jetzt besser mal an zu reden.«

Also ging ich zurück zum Anfang und begann, ihm alles zu erzählen, von meinem virtuellen Mord bis hin zur letzten Demütigung in der Toilette des Musiktrakts und zum unglücklichen Zwischenfall in der Cafeteria – nur ließ ich dieses Mal die Sache mit Mum und meiner imaginären Freundin aus. Dumbo war ein extrem ungeduldiger Zuhörer. Alle fünf Sekunden stellte er eine andere total irrelevante Frage – »Bei welchem Internetanbieter bist du?«, »Miss Hoolyhan trug Kopfhörer, sagst du?« – und kritzelte in sein Heft. Als ich fertig war, überlegte ich, ob das eine so gute Idee gewesen war, ausgerechnet ihn um Hilfe zu bitten.

Dumbo sah einfach nur gelangweilt aus. »War's das?«

»Was?«

»Du meintest, es sei dringend.«

Es fühlte sich grauenhaft an, es nur zu erwähnen. »Da gibt es noch was. Es ist wegen dem Ausflug morgen.«

»Oh ja.«

Ich flüsterte es in meine Handfläche. »Der Imperator sagt, dass er mich töten wird.«

»Sagt er das?«

»Hat mir Abby erzählt. Sie hat es auf dieser Website gesehen.«

»Wer, Klammeraffe?«

»Nenn sie nicht so, sie ist wirklich nett.«

Er zuckte die Schultern und steckte sich den letzten Crackerkrümel in den Mund. »Sie ist eine einigermaßen begabte Klarinettistin, nehme ich an.«

»Los, Stephen, du musst mir helfen. Was soll ich machen?«

»Du könntest zum Beispiel damit anfangen, nicht in Panik zu geraten.«

»Für dich ist alles bestens.«

»Oh, dann erinnerst du dich nicht an den Toter-Dumbo-Tag? ›Tötet Dumbo und sammelt Geld für einen guten Zweck!‹ Ich denke mal, dass du genauso laut gelacht hast wie die anderen.«

»Na ja ...«

»Ich musste jeden Tag Drohungen über mich ergehen lassen, Sam, und in den meisten Fällen sind sie genau

123

das – Drohungen. Du weißt genau, wie Präpubertierende sind.«

»Das meint meine Mum auch.«

»Ja, das weiß ich.« Dumbo zuckte nervös.

»*Was* hast du gesagt?«

Es war nicht halb so explosiv wie bei Abby, doch ich war mir sicher, dass ihm die Röte ins Gesicht schoss. »Nichts, ich –«

»Woher kennst du meine Mutter?«

Er blickte sich verstohlen im Nerd-Club um. »Wir sind uns gewissermaßen beruflich begegnet ... letztes Weihnachten.«

»Woher weißt du, dass es meine Mutter war?«

»Abgesehen davon, dass sie Dr. Tennant genannt wird, meinst du?«, fragte Dumbo spättisch. »Ich sage nur: Klein Harry Potter lässt grüßen.«

»Aber wie ... ich meine, warum ... was hast du ...?

»Erinnerst du dich an die Zeit, in der ich einen Monat nicht in der Schule war?«

»Eigentlich nicht.«

»Ich wollte nicht zurück. Deine Mum hat mir klar gemacht, dass Anderssein nicht zwangsläufig etwas Schlechtes ist. Außerdem hat sie mir ein paar Bewältigungsstrategien gezeigt. Das ist der Grund, warum ich dir helfen werde.«

»Aber wie?«

»Wir können damit beginnen, die Indizien zu untersuchen.«

Wir schlüpften unbemerkt in den Musiktrakt und ich nahm ihn mit auf eine geführte Tour. »Da ist der Lautsprecher. Ich dachte, die wären alle mit dem Sekretariat verbunden.«

»Es wäre nicht zu schwierig, diese Schaltung aufzuheben«, erklärte Dumbo und beugte sich zu einem kleinen Schränkchen hinunter. »Wenn er das einmal gemacht hat, kann er sein Audiogerät praktisch von überall aus bedienen. Aber er braucht jemanden, der ihm einen Hinweis gibt, deshalb würde ich sagen, dass wir es definitiv mit zweien von der Sorte zu tun haben.«

»Ich habe dir doch schon von Ollyg78 erzählt.«

»Das könnte auch nur Tarnung gewesen sein. Jetzt lass uns einen Blick hier rein werfen.«

Mein Herzschlag beschleunigte sich, als ich die Tür aufdrückte und den Lufterfrischer roch. Es war genau so, wie ich es hinterlassen hatte – das Waschbecken bis zum Rand voll und *Trottel* in großen roten Buchstaben an den Spiegel geschrieben. »Was machst du?«

»Ich teste was«, sagte Dumbo, fuhr mit seinem Finger über das erste T und roch daran. »Das ist interessant.«

»Was ist mit dem Licht? Wie haben sie es ausgemacht?«

Dumbo rollte mit den Augen und richtete seine Aufmerksamkeit auf den Inhalt des Papierkorbs. »Mit dem Schalter im Flur vielleicht?«

»Oh ja.«

Er fuhr weitere zehn Minuten mit seinen Untersuchungen fort, kroch unter die Waschbecken, notierte sich etwas und schoss Bilder mit seinem Handy. »Okay, das war's«, sagte er schließlich. »Ich habe alles, was ich brauche.«

Wir gingen schweigend Richtung Treppe. Dumbo war

tief in Gedanken versunken. Ich wollte ihn nicht unterbrechen, doch irgendwann konnte ich nicht anders.

»Also, wer ist es? Du musst es mir sagen – wer ist der Imperator?«

»Ich habe nicht die leiseste Ahnung.«

»Was?«

»Das ist keine alberne TV-Show, Sam.«

»Aber was hast du eben da drin gemacht?«

»Ein Profil erstellt.«

»Was soll ein dämliches Profil bringen? Morgen ist der Ausflug zur *HMS Belfast* und wir wissen nicht mal ansatzweise, wer es ist.«

Wir traten ins Freie. Callum Corcoran und Animal standen bis zu den Knöcheln in der riesigen Pfütze, die sich nach dem Wolkenbruch am Morgen gebildet hatte, und bespritzten sich gegenseitig mit Wasser.

Dumbo bewegte sich instinktiv Richtung Schatten. »Kopf hoch«, meinte er, als wir beim Hauptgebäude ankamen. »Wir wissen zwar noch nicht, wer der Imperator ist, aber das Profil hat eines mehr als deutlich gemacht.«

»Was genau?«

»Jetzt wissen wir, dass du diese Drohungen nicht auf die leichte Schulter nehmen darfst.«

»Wie bitte?«

»Sam, wir haben es hier nicht mit einem Durchschnitts-St-Thomas's-Idioten zu tun. Ich sage, dieser Imperator ist ziemlich intelligent, eindeutig jemand, der das Risiko nicht scheut, und gefährlich unberechenbar. Du musst wirklich vorsichtig sein.«

Eine Schülermenge drängte sich an uns vorbei, auf

dem Weg ins Klassenzimmer. »Hoffentlich hast du keine Angst vor Wasser«, flüsterte irgendjemand.

»Hast du das gehört?«

Dumbo nickte grimmig.

»Was soll ich machen?«

»Das habe ich dir bereits gesagt. Du musst den Imperator kriegen, bevor er dich kriegt. Es gibt nichts Angsteinflößenderes als das Unbekannte, Samuel. Aber knack die Identität des Imperators und wir werden lachen.«

»Du meintest gerade noch, dass du keine Ahnung hast, wer es ist.«

»Ich arbeite daran.«

»Aber was ist mit dem *Belfast*-Ausflug?«

»Im Zug musst du das tun, was ich getan habe, als wir zum Naturgeschichtlichen Museum gefahren sind.«

»Äh?«

»Schleich dich in die erste Klasse. Niemand wird dich dort belästigen. Ich schicke dir eine SMS, wenn der Kontrolleur kommt. Steck deine Nummer in meine Tasche, wenn niemand hinsieht.«

»Was, wenn wir auf dem Schiff sind?«

»Hefte dich so dicht an die Fersen von Miss Stanley und ›Ich sorge hier für die Unterhaltung‹ wie möglich.«

»Was, wenn ich sie aus den Augen verliere?«

»Ich werde immer hinter dir sein. Wenn ich etwas Verdächtiges bemerke, gebe ich dir ein Zeichen.«

Der Gedanke an Dumbo als eine Art persönlicher Leibwächter beflügelte nicht gerade mein Selbstvertrauen. »Es wird alles gut gehen, oder, Stephen?«

Dumbo blickte in unseren Klassenraum. Dort schien gerade die Schlacht an der Somme nachgespielt zu

127

werden. »Du könntest auch einfach einen Tag schwänzen.«

Mein Blick wurde von der mutigen Figur mitten im Kriegsgeschehen angezogen. Um sie herum explodierten Wasserbomben, doch Abby saß an ihrem Tisch und las in aller Ruhe ein Buch. Und in diesem Moment realisierte ich, warum es so wichtig war, sich dem Imperator gegenüber zu behaupten. Ich musste es nicht nur für mich tun, sondern für Abby und Dumbo und all die anderen Schüler, die Angst hatten, in die Schule zu gehen, weil ihnen dort irgendjemand das Leben zur Hölle machte. Vielleicht konnte ich Großvater doch noch irgendetwas geben, auf das er stolz sein konnte.

»Nein«, sagte ich. »Ich muss da durch. Wenn ich jetzt nichts tue, wird es noch Jahre so weitergehen.«

Dumbo nickte. »Das ist entweder sehr mutig oder unglaublich dumm.«

16.07 Uhr

»Du darfst jetzt keine Angst haben, Sam. Dein Großvater mag ein bisschen durcheinander sein, aber die Ärztin war bei ihm und meint, dass er keine Schmerzen hat.«

»Gestern ging es ihm gut.«

Paula balancierte ein Tablett mit halb leeren Kaffeetassen und zerbröckelten Keksen. »So ist das Leben, tut mir leid. Gerade hüpfst du noch total aufgekratzt durch die Gegend und fünf Minuten später ...«

»Er meint, dass er sterben wird.«

»Das habe ich schon ein paarmal erlebt«, sagte Paula. »Es scheint, als wüssten sie es.«

128

»Ich will nicht, dass er ...«

»Natürlich willst du das nicht«, entgegnete Paula und bemühte sich krampfhaft zu lächeln.

»Also, warum isst du nicht einen Keks und gehst dann zu ihm? Ich kann mitkommen, wenn du willst.«

Ich biss in ein weiches Stück Teegebäck. »Ist schon in Ordnung. Ich habe keine Angst.«

Unten im Gemeinschaftsraum führte ein Orgelspieler in glitzerndem Anzug einen Singsang an. Großvater hatte mir mal erzählt, dass er sich die Kehle aufschneiden würde, wenn er noch einen ›Rosamunde‹-Refrain lang dort sitzen müsste. Deshalb war mir fast nach Lachen zumute, als ich das Ende des Flurs erreichte und an seine Tür klopfte. »Großvater ... Großvater, ich bin's.«

Ich versuchte es noch einmal, doch nachdem wieder keine Antwort kam, atmete ich tief durch und trat ein. »Entschuldige, ich bin spät dran. Ich habe mal wieder den Bus verpasst. Was ist denn los? Großvater, bist du okay?«

Im Zimmer war es dunkel wie die Nacht und irgendwas stimmte nicht mit dem Lufterfrischer. Alles, was ich hörte, war das entfernte Geächze eines weiteren Liedes und das gequälte Atmen meines Großvaters.

»Ich bin's, Sam.«

Immer noch keine Antwort. Ich wollte ihn nicht aufwecken, aber ich war auch nicht gerade erpicht darauf, eine halbe Stunde im Dunkeln zu sitzen. Auf Zehenspitzen schlich ich mich zum Fenster und zog die Gardine einen Spalt auf. Die Sonne schnitt in die Dunkelheit wie ein Leuchtschwert.

»LASS DIE GARDINEN ZU!«, schrie eine schrille Stimme. Einen Augenblick später ging seine Nachttischlampe an und ich sah Großvater mit verwirrtem Gesicht im Bett sitzen.

»Was ist los, Großvater?«

»Lass die Gardinen zu. Ich bin noch nicht bereit.«

»Warum willst du in der Dunkelheit sitzen?«, fragte ich und klang dabei wie Mum, wenn ich die Jalousien zudrehte, um die Xbox richtig erkennen zu können.

»Siehst du irgendjemanden?«, flüsterte Großvater.

»Wovon redest du?«

»Unten auf der Bank – sieh bitte für mich nach, mein Junge.«

Zwei Emos, die sich küssten. Jedes Mal, wenn das Mädchen Luft holte, nahm sie einen Schluck Cola light.

»Da ist niemand, Großvater, nur ein Teenager-Pärchen.«

»Dem Himmel sei Dank.«

Er sah aus, als wäre er hundert Jahre alt und Millionen von Kilometern weg von dem lustigen alten Mann, der mich huckepack durch den Garten getragen und mich in seinem Schuppen alte Holzstücke zusammennageln lassen hatte. Ich hasste es, wenn er so verrückt wurde wie eben.

»Ich habe dir diese Lakritzstangen mitgebracht, die du haben wolltest, Großvater.«

Er ließ sich in seinen Kissenberg zurückfallen und stöhnte. »Danke, mein Junge. Aber du wirst mir helfen müssen, fürchte ich.«

Ich riss die Packung auf und hielt ihm die Stange an die Lippen. »Los geht's!«

Er lutschte ein wenig daran herum und hörte dann auf, um Atem zu holen. »Ah, das tut gut.«

»Willst du nichts mehr?«

»Iss du es auf, mein Junge. Ich hatte genug.«

»Was soll ich dir morgen mitbringen?«

Er schüttelte den Kopf. »Ich denke nicht, dass du dir darüber Gedanken machen musst.«

»Aber Großvater ...«

Er streckte die Hand aus und strich mir über den Kopf. »Ich war nie die Sorte Kerl, die ihr Herz auf der Zunge trägt. Das hat deine Großmutter weiß Gott verrückt gemacht. Die Sache ist ... das Leben wäre ziemlich sinnlos ohne andere Menschen – also, wichtige Menschen. Und wenn ich wichtig sage, dann meine ich, na ja, die Menschen, die wir ... lieben. Worauf ich hinauswill, Sam, ist, dass es ein großes Vergnügen war, dich kennenzulernen. Ich war immer so stolz darauf, einen solch ... einen solch wundervollen Enkel zu haben. Ich bin wirklich sehr ... vernarrt in dich, weißt du. Und ich möchte dir einfach nur sagen, dass ...«

»Ich habe dich auch lieb, Großvater.«

»Ja, okay ... das ist gut.« Er sah beinahe so erleichtert aus, wie ich es gewesen war, als Mum mir versichert hatte, dass ich auf Tante Lucys Hochzeit nicht die Ringe auf einem Kissen in die Kirche tragen musste.

»Nun, hast du es schon gelesen?«

Ich hatte es die ganze Woche in meinem Rucksack mit mir herumgetragen, doch ich war in einer solch schlechten Verfassung, dass ich mich nicht dazu aufraffen konnte, seine Geschichte zu Ende zu lesen.

»Tut mir leid, Großvater. Ich hatte ... so viele Sachen im Kopf.«

»Ja, das sehe ich«, sagte er, »aber du *musst* es zu Ende

131

lesen. Ich kann nicht zur Ruhe kommen, bevor ich die Dinge nicht ins rechte Licht gerückt habe. Ich möchte, dass du die Wahrheit kennst.«

»Kannst du es mir nicht jetzt erzählen?«

»Das glaube ich nicht.«

»Na los! Ich würde den Rest der Geschichte wirklich gerne hören.«

»Ich vermute ...« Nachdem er überzeugt davon war, dass sich niemand hinter dem transportablen Toiletten-Ding versteckte, drehte er sich zu mir und nickte. »Bis wohin bist du gekommen, mein Junge?«

»Du bist kurz davor, auf das Schiff zu gehen.«

»Ah ja«, sagte er und versuchte, sich in seinem Kissenberg aufzurichten. »Wir gingen in Algier an Bord der *HMS Thanatos*. Ich erinnere mich noch, dass ich dachte, wie dünn die Panzerung aussah. Fast wie eine Büchse Sardinen. Natürlich sind schwach gepanzerte Kreuzer dafür gemacht, dass sie schnell vom Fleck kommen, und sie haben kein Extragewicht wie stark gepanzerte Kampfschiffe.«

»Ja, aber was ist passiert?«

»Wie Kapitän Brady sagte – wir hatten kaum Zeit, unsere Hängematten zu schwingen, da sind wir schon Richtung Taranto gerast, um die italienische Küste zu bombardieren. Diese Schiffsgeschütze machten einen Höllenlärm. Ungefähr so wie Sprengstoff, der in einem Mülleimer losgeht.«

»Und was ist mit –«

»Habe ich das Essen erwähnt?«

»Nein, Großvater.«

»Eigentlich war es gar nicht so schlecht, wenn man

die Umstände bedenkt.« Seine Augen leuchteten ein
wenig. »Hering in Tomatensoße, Soja, Schiffszwieback
natürlich – ich war richtig verrückt danach. Und wenn
du wirklich verzweifelt warst, konntest du immer ein
paar Nuttys kriegen.«

»Was ist das?«

»Seemanns-Schokolade; das ist ungefähr so, als würdest du fest gewordenen Kakao essen, obwohl, seltsamerweise, komplett ohne Nüsse.«

»Erzähl mir von Tommy Riley, Großvater. Wie ist er
damit fertiggeworden, auf hoher See zu sein?«

»Wie eine Ente mit dem Wasser! Komisch, oder? Wir
hatten natürlich alle unseren eigenen Bereich. Tommy
war clever, hatte das Zeug zum Offizier. Also gaben sie
ihm einen Job unten in der Sendestation.«

»Und was war mit dir?«

»Ich war Beobachter auf der Brücke und Sharky Beal
war mein Leser.«

»Leser?«

»Ja. Ich saß hinter einem feststehenden Feldstecher.
Immer, wenn ich einen feindlichen Flieger erspähte,
musste ich »Flugzeug« brüllen. Sharkys Aufgabe war es,
den Winkel abzulesen, damit wir unsere Geschütze auf
das Ziel richten konnten. Er war nicht allzu glücklich
damit.«

»Warum nicht?«

»Er meinte, dass er nicht sonderlich viel Kampfgeschehen zu sehen bekam, wenn er sich ›hinter einem
verdammten Feldstecher verstecken musste‹. Allerdings
war der ein großartiges Stück Technik.«

»Wie meinst du das?«

133

»Dieser Feldstecher war so genau, dass du, wenn du in die Ferne geschaut hast, wirklich sehen konntest, dass die Welt rund ist. Wenn du ein Schiff am Horizont erspäht hast, bog sich das Heck um die Krümmung der Erde, fast als würde es von den Grenzen der Welt abrutschen.«

Er gähnte und glitt ein wenig in seine Kissen hinunter.

»Ja, aber was ist das große Geheimnis, Großvater? Ich dachte, du wolltest mir davon erzählen.«

Die Kriegsverletzung unter seinem linken Auge nässte ein wenig. Sie tat das manchmal immer noch, selbst nach mehr als sechzig Jahren.

»Es begann alles, als wir uns für einen Kesselreiniger auf den Weg nach Alexandria machten. Dort entstand auch das Foto. Heute kann ich es seltsamerweise kaum ertragen, es anzusehen.«

»Warum nicht?«

»Weil es mich daran erinnert, wann ich das letzte Mal in meinem Leben wirklich glücklich war.«

»Was ist passiert, Großvater? Bitte, du musst es mir sagen.«

Er starrte in die Ferne. »Es war das erste Mal, dass wir echtes Kampfgeschehen sahen. Weißt du, wir drei haben Karten gespielt, als ... als ...«

»Großvater, Großvater ... Großvater?«

Sein Kopf fiel auf die Brust und aus seiner Kehle drang ein unheimliches Pfeifen.

»Wach auf, Großvater. Erzähl mir wenigstens noch das Ende der ...«

Das hatte er liebend gern getan, als ich klein war: Vorgeben, mitten in der Geschichte eingeschlafen zu sein, um sich zu vergewissern, dass ich noch zuhörte. Dann wachte er plötzlich wieder auf und erschreckte mich zu Tode. Doch dieses Mal war es echt. Ich wusste, dass ich ihn nicht wecken sollte, deshalb nahm ich vorsichtig seinen Kopf und bettete ihn bequemer auf sein Kissen.

Als ich auf Zehenspitzen zur Tür schlich, verspürte ich plötzlich dieses Verlangen, etwas zu tun, das ich seit Jahren nicht getan hatte. Großvater bevorzugte einen festen Händedruck oder einen Klopfer auf den Rücken, doch er konnte ja nicht viel dagegen machen. Also beugte ich mich über ihn und gab ihm einen Kuss auf seine raue Wange. Er roch nach dieser lustigen Seife, die sie früher immer gehabt hatten.

»Mach's gut, Großvater. Wir sehen uns morgen.«

18.18 Uhr

Mum hatte versprochen, spätestens um halb fünf draußen zu sein, aber an ihrer Tür hing noch immer das »Bitte nicht stören«-Schild und gelegentlich drangen erhobene Stimmen auf den Flur.

Dads Handy war wieder aus, also hinterließ ich ihm eine weitere Nachricht. »Hi Dad, ich bin's noch mal. Tut mir leid, aber ich mache mir wirklich Sorgen um Großvater. Er sah heute so krank aus. Und er sagt mir ständig, dass er ... Kannst *du* mit ihm sprechen? Bitte, Dad ... Oh, und Dad – viel Glück für das Rennen morgen.«

Ich versuchte, nicht an den *Belfast*-Ausflug zu denken, indem ich Tetris auf meinem Handy spielte. Doch es half nichts, meine Gedanken kreisten ständig darum, welch perfekter Ort ein Kreuzer aus dem Zweiten Welt-

135

krieg war, um jemanden in einen ›hässlichen Unfall‹ zu verwickeln. Meine Fantasie schlug Saltos, bis ich mir auch das letzte schlimme Szenario aus dem *Handbuch für Seemänner* ausgemalt hatte.

Und danach wurde mir schlagartig klar, dass ich morgen alle Freunde, die ich kriegen konnte, brauchen würde. Abby und Dumbo waren die Einzigen, die wirklich mit mir sprachen. Ich war zu einem echten MOF (Mensch ohne Freunde) geworden. Natürlich war es gewagt, aber nachdem er keine meiner SMS beantwortet hatte, dachte ich, es könnte einen Versuch wert sein. Ich ging auf seine Festnetznummer, atmete tief durch und drückte auf »wählen«.

»Jawasgibts?«, sagte eine halb vertraute Stimme.

»Mrs Pitts?«

Sie klang irgendwie seltsam. »Wer will das wissen?«

»Hier ist Sam, Sam Tennant.«

Die böse Hexe des Westens verwandelte sich in Mary Poppins. »Oh Sammy, wie reizend, deine Stimme zu hören.«

»Ist Alex da?«

»Nein«, antwortete sie und verwandelte sich wieder in eine Hexe. »Alex und Molly sind bei ihrem Vater.«

»Wissen Sie, wann er zurück ist?«

»Wie lange dauert es, einen Verlobungsring auszusuchen?«

»Was?«

»Er will, dass sich die Kinder einbezogen fühlen. Krank, oder?«

»Also, ich –«

»Offensichtlich wollen sie dieses ganze ekelhafte

Theater an einem Strand auf Mauritius zelebrieren. Weißt du, wo *wir* geheiratet haben, Sam?«

»In einer Kirche?«

»Standesamt Hackney.« Sie lachte bitter.

»Könnten Sie Alex bitte ausrichten, dass er mich zurückrufen soll, wenn er wieder da ist?«

»Ja, ich versuche es, aber wenn er nur halb so gerissen ist wie sein Vater, kannst du auch gleich einen Privatdetektiv engagieren. Habe ich dir erzählt, dass –?«

»Gutdanketschüss.«

Mr und Mrs Pitts waren immer mit uns bowlen gegangen und manchmal hatten sie sich wegen der Siegpunkte richtig in die Haare bekommen. Ich wusste, dass Alex all die Geschenke und das Zeugs gefielen, aber ich hatte das Gefühl, er hoffte immer noch, dass sie wieder zueinander finden würden. Vielleicht mied er den Kontakt zu mir, weil er nicht über die Hochzeit sprechen wollte.

Mums Sitzung zog sich ewig hin. Das Kind da drinnen musste ein echter Psycho sein. Selbst der Junge, der ein Pyromane war, schien nicht so schlimm zu sein. Ich hatte solchen Hunger, dass ich den Rest von Großvaters Lakritzstange herausholte. Doch nachdem ich ein paarmal daran gelutscht hatte, überkam mich das schlechte Gewissen. Seine Geschichte flüsterte aus den Tiefen meines Rucksacks zu mir. Ich wusste, dass ich ihm versprochen hatte, sie zu Ende zu lesen. Das Problem war, dass ein Teil von mir wirklich wissen wollte, was geschehen war, und der andere Teil Angst hatte, etwas lesen zu müssen, das ich gar nicht hören wollte.

Was sollte an der Wahrheit so toll sein? War es nicht besser, das zu glauben, was man glauben wollte?

Das Abrutschen vom Rand der Welt

September 1943

Irgendwo im Mittelmeer

Wir drei spielten ganz entspannt Karten, als die Ruhe durch den gefürchteten Klang der Gefechtsstation-Quassler und das Knacken der Lautsprecher gestört wurde: »Achtung, Achtung! Begeben Sie sich zu den Gefechtsstationen. Begeben Sie sich unverzüglich zu den Gefechtsstationen.«

»Werde ein bisschen Kampfgeschehen sehen«, sagte Sharky mit grimmiger Miene. »Werde meine Familie stolz machen.«

Ich kämpfte mich in Rekordzeit in meine Schutzkleidung (weiße Asbesthandschuhe und Kapuzenjacke, extra gemacht, um vor Verbrennungen zu schützen).

Tommy dagegen war mehr mit seiner Schwimmweste beschäftigt.

Ich höre noch immer den Klang von Stiefeln auf Eisenleitern, das laute Fluchen und die leisen Gebete, als alle zu den Gefechtsstationen eilten. Es ist schon seltsam, was dir in einem solchen Moment durch den Kopf geht, ich dachte, welch ein Jammer, wenn sie mich erwischten und ich niemals Hummer probiert hätte.

Es war ein klarer, blauer Mittelmeer-Nachmittag, als Sharky und ich auf die Brücke kamen. Man hätte fast denken können, wir wären auf einem Vergnügungskreuzer; nur das Brummen des Ju-88-Geschwaders machte diese Vorstellung zunichte.

Plötzlich war in weiter Ferne am Himmel eine Formation sechs solcher Maschinen zu sehen – kleine graue Punkte in meinem Feldstecher, die rasch zu riesigen Kampfflugzeugen heranwuchsen.

»Flugzeug!«, brüllte ich.

Sharky las die Winkel ab und unsere Geschütze schwangen herum, um sich ihnen wie wütende Außerirdische entgegenzustellen.

Ein Flugzeug nach dem anderen löste sich aus der Formation und schoss nach unten. Ich kann dir nicht erklären, was für ein Gefühl das ist, wenn ein feindliches Flugzeug mit 300 Sachen und 2000 Kilo Sprengstoff an Bord auf dich zujagt, aber eins kann ich dir sagen: Ich hatte Todesangst.

Kapitän Brady hingegen war die Gelassenheit in Person und wartete auf den exakt richtigen Moment, den Beschuss zu erwidern.

Jedes Geschütz auf der *Thanatos* eröffnete das Feuer. Es war im wahrsten Sinne des Wortes stark, ein ohrenbetäubender Lärm, der sich vervierfachte, als die Geleit-Schiffe das Feuer ebenfalls eröffneten.

Doch das war noch nicht alles. Unerschrocken von den riesigen Geschützen und dem Flakfeuer schoss eines der Flugzeuge in einem unerreichbaren Winkel auf uns zu. Ich begann zu beten, als es immer näher kam. Doch in letzter Minute riss der Pilot das Flugzeug wieder nach oben, befeuerte das Schiffsdeck mit Kugeln und ließ zwei Bomben herab, die durch die Luft pfiffen und mit einem gedämpften Knall im Meer explodierten.

Unser Schwesterschiff, die *Erebos*, hatte kein Glück. Dichte gelbe Rauchwolken strömten aus ihrem Schornstein.

Und dann kamen sie wieder. Erst nach vielen Jahren konnte ich den Mut des Piloten ermessen, das Flugzeug dieses Mal noch später wieder nach oben zu reißen. Er riskierte den Tod, damit seine Bomben ihr Ziel erreichten. Jeder auf der Brücke warf sich zu

Boden, als das Dröhnen seiner Motoren den Donner unserer 130-Millimeter-Kaliber-Geschütze übertönte. Und ich realisierte, dass das, was ich für Flugzeugtrümmerteile gehalten hatte, das Geräusch von Maschinengewehrkugeln war, die auf das Deck prallten. Ein unbeschreiblicher weißer Blitz ging der größten Explosion voraus und ich wusste sofort, dass wir getroffen worden waren.

Natürlich hätte ich mich auf meine Aufgabe konzentrieren müssen, doch es war unmöglich, die Szenen der Zerstörung zu ignorieren. Der Geschützturm war ein tobendes Inferno. Eine Abordnung raste zur Beschickungsanlage, die Schläuche bereit, andere zerrten die schreienden Überlebenden aus den Kojen.

Es gibt einige Dinge, die man nie im Leben gesehen haben sollte. Der Kanonier an Steuerbord, ein Kerl aus Wales namens Richard, war zusammengesackt und das Gehirn quoll ihm aus dem Kopf wie Hafergrütze.

»Er kommt zurück, um uns endgültig den Rest zu geben«, sagte Sharky und starrte ausdruckslos in den Himmel. »Was zum Teufel tue ich hier?«

Er war der Letzte, von dem ich erwartet hätte, dass er seinen Posten verlässt. Es war ein Vergehen, das vom Kriegsgericht geahndet wurde, und wenn jemand »kneifen« würde, dann wahrscheinlich eher ich. Doch als sich das Kampfflugzeug für einen weiteren Angriff bereit machte, war Sharky nirgends zu sehen.

Man sagt, dass eine gewisse Resignation einsetzt, wenn der Tiger dich erst mal in seinen Klauen hat. Unsere größte Kanone funktionierte nicht mehr, die Geschützplattform an Backbord war zerbombt und heftige Flammen leckten über das Achterdeck. Als unser Peiniger wieder auf uns zuschoss wie ein extrem geladener Aasgeier, wusste ich tief in meinem Inneren, dass Hummer dauerhaft von der Speisekarte genommen worden war.

Zuerst habe ich sie gar nicht bemerkt, die kleine entschlossene Gestalt, die auf dem Achterdeck erschien und sich zwischen einer Reihe Sanitäter durchkämpfte, um zur Oerlikon-Kanone zu gelangen. Erst, als er Richard von seinem schweren Gürtel befreit, sich selbst unter die Schulterstützen manövriert und den

Auslöser in der Hand hatte, realisierte ich, wer er war.

Niemand wird jemals mit Sicherheit wissen, wer die JU88 erledigt und sie in das klare blaue Meer befördert hat, doch mir gefällt der Gedanke, dass es Sharky war. Obwohl tödlich verwundet, feuerte er weiter bis zum Letzten, und hätte es nicht die »regelwidrigen Umstände« gegeben, hätten sie ihm sicher eine Medaille verliehen.

Wie durch ein Wunder kamen die Flugzeuge nicht zurück. Jubel brandete auf, als Broadside-Brady verkündete, dass wir unsere Mission aufgeben und nach Alexandria zurückkehren würden.

Am nächsten Morgen beteiligte ich mich an einer der Schlauch-Partys, kratzte mit einer Schaufel Fleischbrocken vom Deck und versuchte, den ekelerregenden Geruch nach getrocknetem Blut wegzuwaschen, das von der glühenden Sonne in das verbogene Metall gebacken worden war. Und um uns bei Laune zu halten, pfiffen wir ein paar Liedchen vor uns hin.

»Wer will eine Kippe?«, fragte ein abgebrühter Obergefreiter und wedelte mit einem blutbefleckten Päckchen Zigaretten herum. »Sie gehörten Richard. Er wird sie jetzt nicht mehr wollen.«

An diesem Nachmittag bestatteten wir unsere Toten, alle 18, in ihre Hängematten genäht und mit der Flagge des Königreichs bedeckt. Die Marinesoldaten feuerten eine Salve ab, ein Trompeter spielte den »letzten Zapfenstreich« und der Schiffskaplan erklärte uns, welche Ehre es sei, für sein Land zu sterben. Tommy und ich sahen vom Achterdeck aus zu, wie unser alter Freund Sharky langsam ins Meer glitt.

»Ich nehme an, am Ende hat er das bekommen, wonach er die ganze Zeit gesucht hat«, sagte Tommy. »Er meinte immer, dass er ein wenig Kampfgeschehen sehen will.«

»Wir sollten seiner Familie schreiben«, sagte ich und hoffte, dass Tommy diesen Job freiwillig übernehmen würde. »Sie werden so stolz auf seinen Mut sein.«

Tommy schüttelte den Kopf. »Sharky hatte keine Familie.«

»Wie meinst du das?«

»Hat er es dir nicht erzählt? Sie sind alle dem *Blitz* zum Opfer gefallen. Eines Nachts kam er vom Feuer-Beobachten zurück und sein Haus war nur noch ein Trümmerhaufen. Einzig die Schusterpalme war übrig geblieben. Er sagte, dass er nicht verstehen konnte, warum Gott es zuließ, dass seine drei kleinen Schwestern in Stücke zerpustet wurden, aber eine dumme Topfpflanze verschont blieb.«

Das war zwanzig Jahre bevor ich Hummer probiert habe, in einem kleinen Bed-and-Breakfast an der Dorset-Küste. Ich fand ihn zäh und eigentlich geschmacklos und ich musste immer wieder an den guten alten Sharky denken. Doch wenigstens ist er als Held gestorben. Wenigstens hat er etwas getan, auf das er stolz sein konnte. Ich wünschte nur, ich könnte dasselbe über mich sagen.

Und nun zum schwierigen Teil, dem Teil, vor dem ich mich die ganze Zeit gefürchtet habe. Bitte glaub mir, wenn ich dir sage, dass es nie meine Absicht gewesen war, es geheim zu halten. Wie oft habe ich versucht, meine Schuldgefühle mit deiner Großmutter zu teilen, doch immer, wenn es auf das Ende der Geschichte zuging, war ich so aufgewühlt, dass ich nicht die richtigen Worte fand. Ich würde gerne denken, dass sie mir verziehen hätte. Ich hoffe, Samuel, du wirst die Antwort in deinem Herzen finden und es tun.

18.35 Uhr

Mum steckte ihren Kopf aus der Tür und zeigte so etwas wie ein Lächeln. »Wie geht's dir?«

Um ehrlich zu sein, nicht besonders toll. Irgendwie hatte ich gehofft, dass mir Mut in den Genen lag, aber langsam begann ich mich zu fragen, ob da überhaupt jemals irgendetwas in dieser Richtung gewesen war.

»Dauert's noch lange, Mum?«

»Wir sind gerade fertig.«

»Gut. Ich will wirklich nach Hause.«

»Die Sache ist die«, sagte Mum und knetete den Wutball, den sie mal von einem Pharmavertreter geschenkt bekommen hatte. »Würde es dir etwas ausmachen, kurz ins Wartezimmer zu gehen? Da ist jetzt auch niemand.«

»Wozu?«

Sie schloss die Tür hinter sich und legte ihre »professionelle Beraterstimme« auf. »Na ja, das Kind, das gerade bei mir ist, geht auf deine Schule.«

»Wer ist es denn?«

»Du weißt, dass ich dir das nicht sagen darf. Das Letzte, was meine Klienten wollen, wäre, dass du weißt, wer sie sind.«

»Ich mache die Augen zu, okay?«

»Ach komm! Wenn du dich jetzt nicht anstellst, nehmen wir auf dem Weg nach Hause noch was vom Chinesen mit.«

»Na gut.«

Das Wartezimmer stank nach Einweg-Windeln, muffigen alten Leuten und verkorksten Teenagern. Ich starrte runter auf den verlassenen Parkplatz (alles, was dort noch

146

stand, waren Mums kleines Steilheck und ein graues Biest von einem Personentransporter) und versuchte, nicht an den nächsten Tag zu denken, versuchte, mich selbst davon zu überzeugen, dass alles gut gehen würde.

Großvaters Geschichte schrie mich an wie eine Bauchrednerpuppe: »Lass mich raus, lass mich raus!« Doch ich hatte das unangenehme Gefühl, dass ich nicht das Happy End bekommen würde, das ich mir erhoffte. Ich wollte immer noch daran glauben, dass Großvater ein Kriegsheld war.

Die Pinnwand oberhalb der Spielecke zeigte, dass andere Menschen auch Probleme hatten. Sie war übersät mit Nummern von Beratungs-Hotlines für Suchtkrankheiten, von denen ich in meinem ganzen Leben noch nicht gehört hatte, und von Cartoons, die einsame Rentner und Kinder in Rollstühlen zeigten. Eigentlich hätte ich mich jetzt besser fühlen müssen, aber das tat ich nicht.

Und dann fiel es mir wie Schuppen von den Augen. Was als Flüstern in meinem Hinterkopf begonnen hatte, wandelte sich plötzlich in ein lautstarkes Brüllen: WAS BIST DU? BESCHEUERT ODER SO?

Es war dermaßen offensichtlich. Warum hatte ich nicht schon eher daran gedacht? Mums Worte bekamen plötzlich eine ganz neue Bedeutung: *Das Letzte, was meine Klienten wollen, wäre, dass du weißt, wer sie sind.* Natürlich wollten sie das nicht. Besonders nicht, wenn sie der Im...

Es ergab alles einen perfekten Sinn. Dieses Kind, mit dem Mum so viel Ärger hatte, von dem sie befürchtet hatte, dass es »etwas Dummes« tat. Es musste so sein –

es gab keine andere Erklärung. Mums Höllenklient war der Imperator.

Ich stürmte zum Fenster, durch ein Minenfeld von Lego und Plastikfrüchten, und versuchte, einen Blick von ihm zu erhaschen. Doch es war zu spät. Alles, was ich sah, war der graue Transporter, der vom Parkplatz fuhr.

18.50 Uhr
»Also, zum letzten Mal«, sagte Mum und versuchte, ihren Lieblingssender im Radio zu finden. »Ich kann es dir nicht erzählen, Samuel, also hör auf damit, okay?«

»Los, Mum, es ist wichtig.«

»Damit du es in der Schule herumposaunen kannst, meinst du?«

»Nein, es ist –«

»Oh Mann, ich liebe Sting. Das haben sie während unserer Hochzeitsdisco gespielt.«

»Hochzeits-was?«

Sie kannte den Text nicht, doch das hielt sie nicht davon ab, in einer peinlichen, quietschigen Tonlage mitzusingen.

»Mum, bitte. Ich würde es niemandem erzählen, versprochen.«

»War das dein Telefon, Sam? Könnte deine Freundin sein.«

Es musste Alex gewesen sein, der auf meine Nachrichten antwortete. Wenigstens eine Sache funktionierte.

»Na los, Sammy, was ist dir lieber: Pizza oder chinesisch?«

»Hab keinen Hunger.«

Mum begann ihre übliche Comedy-Einlage darüber, dass ich keinen Hunger hatte, indem sie es wie die Zehn-Uhr-Nachrichten verkündete. Doch ich hörte sie nicht, weil ich zu beschäftigt damit war, auf mein Handy zu starren.

Wie immer war die Nachricht des Imperators kurz und auf den Punkt:

U R SO DEAD

Freitag

(Woche zwei)

9.15 Uhr

Mum hatte ein Notfalltreffen mit dem Sozialarbeiter, deshalb ließ sie mich eine Viertelstunde eher am Bahnhof raus.

»Da gibt es etwas, das ich dir unbedingt erzählen muss, Mum.«

»Tut mir leid, mein Schatz. Mir klebt ein Taxi an der Stoßstange. Hat das nicht Zeit?«

Das dröhnende Genuschel aus dem Bahnhofslautsprecher ließ mich erschaudern. »Ich habe ganz schlimme Bauchschmerzen.«

»Du bist nur aufgeregt, Sammy. Vertrau mir, wenn du erst mal im Zug sitzt, geht es dir wieder gut.«

»Nein, Mum, ich –«

Der Taxifahrer begann zu hupen.

»Also gut, immer nur die Ruhe bewahren, okay?«
Mum langte über mich hinweg und öffnete meine Tür.
»Beeil dich, Sam. Ich will deinem Dad vor seinem Rennen noch eine Viel-Glück-Nachricht hinterlassen.«

»Du verstehst das nicht. Ich glaube, dass sie –«

»Und vergiss nicht, dass du direkt zu Großvater
gehst, wenn du zurückkommst. Wir sehen uns dann zur
üblichen Zeit.«

Als Mum Großvater erwähnte, fühlte ich mich schuldig. Ich hatte die ganze Zeit nur den Imperator im Kopf
gehabt und seine Geschichte nicht zu Ende gelesen.
Doch wenigstens gab mir der Gedanke an ihn den Mut,
aus dem Auto zu steigen.

»Ja ... gut ... wir sehen uns dann zur üblichen Zeit.«

»Ich habe eine Capri-Sonne und ein paar Cracker in
eine braune Papiertüte vorne in deinen Rucksack gesteckt«, sagte Mum, streckte ihren Arm aus dem Fenster
und richtete ihren Zeigefinger gen Himmel. »Wirf die
Tüte nicht weg, die kann ich recyceln.«

Wir sollten uns unter den großen Bildschirmen in der
Halle treffen, wo es Fahrkarten zu kaufen gab. Zu
meiner großen Erleichterung sah ich keinen meiner
Peiniger, nur ein paar Achtklässler, die sich am Fotoautomat rumdrückten, eine Gruppe Mädchen, die
sich neue Klingeltöne anhörten, ein paar unverdächtige Eltern, die den Ausflug begleiteten, und Mr Peel,
der sich hinter einem Magazin namens NME versteckte.

Dumbo würde einen miserablen Spion abgeben. Sei-

150

ne Aktentasche verriet ihn sofort. »Pst! Hier drüben, neben den Zeitschriften.«

»Wo sind denn alle?«

»Du weißt doch, wie sie sind, Samuel. Pünktlichkeit gehört nicht gerade zu ihren Stärken.«

»Hast du noch irgendwas im Netz gefunden?«

»Nein. Diese Chickenboyz-Seite ist komplett verschwunden.«

»Warum haben sie das gemacht?«

Dumbo zuckte die Schultern und wickelte sein Kit-Kat aus. »Um Beweise verschwinden zu lassen, vielleicht? Aber wahrscheinlich hat das gar nichts zu bedeuten. Halte dich einfach an den Plan und alles wird gut.«

»Bist du dir da so sicher?«

»Ich weiß genau, wo am Bahnsteig sich die Türen des Zuges öffnen. Wenn du neben mir stehst, sorge ich dafür, dass du als Erster einsteigst. Das verschafft dir einen Vorsprung.«

Der unverkennbare Klang von Callum Corcorans Lache kam die Straße zum Bahnhof hochstolziert.

»Und jetzt?«

»Geh rüber und sprich mit Peel«, sagte Dumbo und schlang sein letztes Stück KitKat runter. »Lass ihn über das Musikbusiness erzählen. Er wird dich zu Tode langweilen, aber wenigstens bist du sicher vor dem Imperator.«

»Aber ich weiß gar nichts über …«

Sie kamen in die Halle gefegt wie bei einer Treibjagd: der coole Pete Hughes, Gaz Lulham, der ihn zu kopieren versuchte, Chelsea mit einem quadratischen Pflaster über ihrem Nasenstecker, Callum und Animal, die eine

151

leere Coladose vor sich her kickten – praktisch meine halbe Klasse befand sich in einem Zustand größter Erregung, die sich um ein Vielfaches steigerte, als sie mich entdeckten.

»Da ist er«, brüllte eine Stimme von weiter hinten. »Hoffentlich hat er seine Badehose an.«

»Das finden wir schon noch raus«, sagte Animal und machte ein paar bedrohliche Schritte auf mich zu.

»Ist die Zeitschrift gut, Sir?«, fragte ich und rückte dichter an Mr Peel heran.

Er trug diese Lederjacke, die er am Elternsprechtag angehabt hatte. »Ich werfe gerade einen Blick auf die diesjährige ›In-Liste‹ – hast du die schon gesehen?«

»Ähm ... nein, noch nicht.«

Der gute alte Peel wirkte erleichtert. Er lächelte wehmütig, als meine »Klassenkameraden« in der Halle herumliefen, imaginäre Flügel flattern ließen und Hühnergeräusche machten. »Sieh sie dir an. Die besten Jahre ihres Lebens und sie wissen es noch nicht mal. Ich wünschte, ich wäre wieder ein Kind. Na ja, was soll's?«

Es begann ein großes Gejohle, als Mr Catchpole und Miss Stanley nebeneinander den Bahnhof betraten.

»Hatten Sie eine Fahrgemeinschaft, Miss?«, fragte Chelsea. »Das ist gut für die Umwelt, Miss. Ist er ein guter ... *Fahrer*, Miss?«

Mr Catchpole schlug ärgerlich mit seinem Ablaufplan nach einer Wespe. »Vielen Dank, Chelsea, ich sorge hier für die Unterhaltung. Und darf ich diejenigen unter euch, die den Bahnhof zu einem Bauernhof machen, daran erinnern, dass ihr für die Zeit, die ihr in eurer Schuluniform steckt, Repräsentanten der Schule seid?

Jetzt bildet eine *ordentliche* Reihe und dann werden wir gleich schnell und *ruhig* zum Bahnsteig weitergehen.«

Während des darauffolgenden Chaos sah ich Alex in die Halle schlüpfen – mit einem anderen neuen Rucksack über der Schulter. Für eine Sekunde traf sich unser Blick, doch dann wandte er seine Aufmerksamkeit schnell einem Werbeplakat für Wodka zu und meine Stimmung sank weiter.

Die Lage verbesserte sich erheblich, als ein paar Sekunden später Abby erschien, die vorsichtig durch das Gedränge schritt und sich ruhig ans Ende der Schlange stellte. Ihr Haar sah gut aus mit diesem Plastikding, das es aus ihrem Gesicht heraushielt, und das Lächeln, das aufflackerte, als sie mich sah, war genau das, was der Arzt mir verschrieben hatte.

9.53 Uhr

»Vorsicht, auf Gleis 7 erhält Einfahrt der Zug Richtung London Bridge, mit Halt in ...«

»Denk dran«, flüsterte Dumbo. »Ich schicke dir eine SMS, wenn der Schaffner kommt.«

Ich starrte auf den Punkt in der Ferne, versuchte, die Beleidigungen vom anderen Ende des Bahnsteigs zu ignorieren, und stand hinter der gelben Linie, bereit wie ein 100-Meter-Läufer, der auf das Signal der Startpistole wartet. »Dumbo?«

»Was?«

»Danke.«

Als der Zug in den Bahnhof rumpelte, rief ich mir eine von Dads »kreativen Visualisierungen« vor Augen, die er vor jedem Rennen heraufbeschwor. Ich stellte mir mich selbst vor, wie ich den Wagen betrat und den Gang hinunterhechtete. Ich war schon fast in der ersten Klasse angekommen, als ich eine kalte Hand in meinem Nacken spürte.

»Was zum Teufel ...?«

Als ich aufblickte, sah ich, dass der vordere Teil des Zuges auf mich zugerast kam. Für den Bruchteil einer Sekunde verlor ich das Gleichgewicht und kippte beinahe auf die andere Seite der gelben Linie.

»Ach, *du* bist es. Da bin ich aber heilfroh. Ich dachte, jemand hätte versucht, mich ...«

»Ich wollte dir Glück wünschen, Sam«, sagte sie und errötete leicht. »Ich habe mir schon die ganze Zeit Sorgen um dich gemacht.«

»Danke, Abby.«

»Ich habe keinen Schimmer, was sie planen, aber ich habe gehört, wie jemand meinte, sie würden auf ein Zeichen vom Imperator warten. Du bist doch vorsichtig, Sam, oder?«

Die Türen des Zuges befanden sich genau vor mir – so wie Dumbo es vorhergesagt hatte. »Ich muss los«, sagte ich und machte mich bereit, in den Wagen zu springen. »Ich schleiche mich in die erste Klasse.«

Sie nickte nachdenklich.

»Hey, Abby?«

»Ja.«

»Du hast doch nicht vergessen, was ich dich neulich gefragt habe, oder?«

»Nein«, sagte sie und ihr Gesicht wurde pink. »Das habe ich nicht.«

154

»Beeil dich, du Idiot«, zischte Dumbo. »Die Türen öffnen sich.«

»Ist das ein Ja oder ein Nein, Abby?«

Doch ich hatte keine Zeit, ihre Antwort abzuwarten. Unten, am anderen Ende des Bahnsteigs, hatte Mr Catchpole Mühe, die Horden zurückzuhalten.

»Einer nach dem anderen. Und kein Geschubse!«

Ich sprang in den 9.43-Zug zur London Bridge und hatte alles im Griff.

Nach ungefähr zwanzig Minuten entspannte ich mich langsam. Der Erste-Klasse-Wagen war komplett leer und die Toilette war gleich den Gang runter, sodass ich wusste, wo ich mich im Notfall verstecken konnte. Aber das Beste war, dass niemand kam, um nach mir zu suchen.

Ich rutschte tiefer in meinen bequemen Sitz und begann zwar nicht, in Gedanken meine Hühner zu zählen, doch ich erlaubte es mir trotzdem, die Augen für eine Sekunde zu schließen.

Entweder war es das Ruckeln des Zuges oder die Tatsache, dass ich seit einer Woche kaum geschlafen hatte, ich bin mir nicht sicher. Alles, was ich weiß, ist, dass ich irgendwo zwischen Gatwick Airport und East Croydon weggedöst bin.

RIESENFEHLER.

10.16 Uhr

Was es zehnmal schlimmer machte, war ihr Schweigen. Nicht einer von ihnen sagte auch nur ein Wort. Von dem Moment an, als ich aufgewacht war und festgestellt hatte, dass ich nichts mehr sehen konnte, bis zu dem Zeitpunkt, an dem alles ein Ende hatte, waren die einzigen Geräusche, die ich vernahm, das Rattern des Zuges, unterdrücktes Kichern und ein Handy, das R'n'B spielte.

Immer noch halb schlafend und mich nach dem wohltuenden sanften Schlummer zurücksehnend, dämmerte mir langsam, dass mir irgendein Band um den Kopf gebunden wurde. Als Nächstes kam die Dunkelheit. Ich versuchte, meine Augen zu öffnen, aber vergeblich. »Helft mir, bitte, ich ... ich kann nichts sehen.«

Irgendwer griff meine Hand, mit der ich gerade mein Gesicht untersuchen wollte. »Was ist los? Lasst mich in Ruhe, ich ...«

Und mit einem Schlag war ich hellwach.

Sie zerrten mich von meinem Sitz und schubsten mich den Gang runter. »Hört auf!«, schrie ich. »Ihr dürft nicht einfach –« Eine klebrige Hand, die nach Pfefferminz roch, presste sich über meinen Mund und ich hörte auf, Widerstand zu leisten. Was brachte das? Es waren einfach zu viele, und je mehr ich um mich trat, desto härter traten meine unsichtbaren Peiniger zurück.

Wohin würden sie mich bringen? Und was würden sie tun?

Alles wurde klar, als sie mich in die Kabine pressten und die Tür verriegelten. Ich wusste sofort, wo ich war. Der Gestank war dermaßen penetrant, dass ich kaum atmen konnte. Ich hatte schon eine ziemlich genaue Ahnung, was sie vorhatten. Dad hatte mir alles über »Scheißhaus-Waschen« erzählt, auch wenn es so etwas seiner Meinung nach an Gymnasien nicht mehr gab.

»Bitte«, wimmerte ich. »Ich tue alles, aber nicht das.«

156

Blinde Panik machte sich in mir breit, als sie mich vorwärtsschubsten und begannen, meinen Kopf nach unten zu drücken. Ich versuchte, meine Nasenflügel zusammenzuziehen, hielt meinen Mund fest geschlossen und machte mich bereit für das Undenkbare.

Ich konnte es kaum fassen, als mein Gesicht das saubere, kalte Wasser berührte. Es war das erste bisschen Glück, das ich diese Woche hatte. Tommy Riley hätte Angst gehabt, aber meinen Kopf in ein Becken voller Wasser zu tauchen war etwas, das ich schon seit der Grundschule tat.

Instinktiv begann ich zu zählen; sofort wurde mein Kopf frei.

37, 38, 39, 40 ...

Doch wann würden sie aufhören? Ich war gut, doch ich war nicht *so* gut.

57, 58, 59, 60 ...

Mein Rekord waren 68 Sekunden. Wenn ich nicht bald atmete, konnte ich die neunte Klasse vergessen.

66, 67, 68, 69 ...

Ich hatte plötzlich einen Geistesblitz. Was, wenn sie dachten, mir wäre wirklich etwas zugestoßen? Mit einem dramatischen Zucken hörte ich auf zu kämpfen und ließ meinen Körper erschlaffen. Und ich konnte ihre Panik spüren, als ich auf den Boden glitt.

Eine Sekunde später öffnete sich die Tür. Ich wartete, bis der Letzte abgehauen war und meinen Rucksack in meine Richtung geschleudert hatte. Dann holte ich so tief Luft, bis meine Lungen fast platzten. Ich hatte Prellungen, war angeschlagen und platschnass, aber zumindest atmete ich noch.

»Was zum Teufel spielst du hier?«

Ich hatte mich noch nie so gefreut, seine Stimme zu hören. Die Dunkelheit lichtete sich. Als ich aufblickte, sah ich Mr Catchpole über mir stehen, der eine nasse Schulkrawatte in der Hand hielt. »Und wieso sind deine Haare so nass? Gibt es irgendetwas, das du mir sagen willst, Samuel?«

Ich schüttelte automatisch den Kopf. Es war total bescheuert von mir, aber ich wollte nicht, dass der alte Catchpole wusste, was für ein Opfer ich war.

»Also gut«, sagte er und reichte mir ein grünes Papierhandtuch. »Du bringst dich wieder in Ordnung und folgst mir. Ich lasse dich für den Rest dieses Ausflugs nicht aus den Augen.«

Er führte mich den Gang runter ab, durch eine Menge von iPods und Handys, Playstation Portables, Nintendos und sogar ein paar antike Gameboys. Keiner meiner Peiniger sah sonderlich schuldig aus. Einige von ihnen flüsterten mir sogar Worte der »Ermutigung« zu, während ich Mühe hatte, Mr Catchpole zu folgen.

»Na, na, na, wer war denn da ein frecher Junge?«, rief Callum Corcoran.

»Wenigstens stinkt er nicht mehr nach Hühnerkacke«, sagte Chelsea.

Animal kamen beinahe die Tränen vor Lachen. »Hört euch das an«, sagte er und sah auf den Touchscreen seines Handys. »Du kannst ein Huhn nicht töten, bevor du es nicht ordentlich gewaschen hast.«

Pete Hughes brachte sein Haar behutsam mit Gel in Form. »Ich frage mich, was der Imperator für das große Finale geplant hat?«

Doch der schlimmste Kommentar kam von einer Stimme, die ich noch nicht mal kannte. »Du kannst weglaufen, Sam, aber du kannst dich nicht verstecken.«

Als wir das Lehrerghetto erreicht hatten, kamen *mir* beinahe die Tränen vor Verzweiflung.

Die Verzweiflung wandelte sich schnell in elende Qual, als mir bewusst wurde, dass das Dadphone *Mission: Impossible* dudelte. Das war das Letzte, was ich brauchen konnte.

»Jetzt setz dich und sei still«, sagte Mr Catchpole. »Hast du ein Auge auf ihn, Bryony? Ich glaube, dass ich da hinten ein paar illegale Substanzen gesehen habe.«

Miss Stanley war zu vertieft in *Abenteuer für Geografen*, um Notiz zu nehmen, aber der gute alte Peel nickte mir freundlich zu, bevor er sich wieder seiner ›In-Liste‹ widmete. Ich holte heimlich mein Handy hervor, wiegte es wie ein Baby und zitterte vor Angst, während ich mich bereitmachte, meine letzte Nachricht zu lesen. *Was ist los? Sitzt deine Frisur heute nicht?*

Dieses Mal kamen mir beinahe die Tränen vor lauter Erleichterung. Die Nachricht war von Dumbo. (Das hätte ich schon an der Zeichensetzung merken müssen.) Da saß er, am Ende des Gangs, und kaute auf einer BiFi herum, während er in sein Notizbuch kritzelte. Für einen Augenblick sah er auf und nickte aufmunternd. Wer hätte gedacht, dass Dumbo sich irgendwann noch mal als meine letzte Hoffnung entpuppen würde?

Catchpole kam zurück und wedelte mit einem konfiszierten Päckchen Zigaretten und zwei Dosen Red Bull herum. »Du suchst dir besser was zu lesen, Junge. Hast du was dabei?«

»Nur das, Sir«, sagte ich und öffnete den Reißver-
schluss meines Rucksacks.

»Was zum Teufel ist das?«

Ich hatte mir selbst versprochen, es bis zu unserem
nächsten Wiedersehen zu Ende gelesen zu haben. »Es
ist die Kriegsgeschichte meines Großvaters, Sir.«

»Augenzeugenberichte sind eine Goldmine für His-
toriker«, sagte Mr Catchpole wehmütig. »Ich will den
Rest dieses Ausflugs keinen Mucks mehr von dir hören,
verstanden?«

Ich hatte alle möglichen Ausreden gefunden, es nicht
zu lesen. Vielleicht stieß mich das Schicksal in die richtige Richtung.

Das Abrutschen vom Rand der Welt

Zunächst wusste niemand, was geschah. Die
Thanatos neigte sich heftig nach Steuerbord und die Spinde auf dem Mannschaftsdeck
schwangen auf, sodass sich ein Schwall von
Briefen, Fotos und – komischerweise, aber
so ist es in meiner Erinnerung – ägypti-
schen Fez-Hüten ergoss. Erst als das Wasser
in den Speigatten auf der Lee-Seite an-
stieg, wurde es offensichtlich, dass wir zu
›Dosenfisch‹ geworden waren. Blinde Panik
ergriff das Mannschaftsdeck. Alte See-
bären stopften ihre Taschen mit Zigaretten

voll und ein Bursche aus Green Watch schrie
hysterisch nach seiner Mutter. Einige ver-
suchten, kleine Schätze von zu Hause zu
retten – einen Brief der Frau, ein Foto der
Kinder –, doch alle waren von demselben
Willen gepackt – dem Willen zu überleben.
Alle außer Tommy; ich konnte mir keinen
Reim auf seine scheinbare Gleichgültigk-
keit machen. Er saß am Mannschaftstisch,
lutschte einen sauren Drops, das Wasser
schwappte um seine Knöchel.

»Los, Tommy«, brüllte ich. »Beweg
dich!«

»Ich komme nicht, Ray.«

Mir war der Massenansturm auf die Mann-
schaftsdeck-Leiter äußerst bewusst. »Es
gibt nichts, wovor du Angst haben musst.
Los, Tommy, zieh diese verdammte Schwimmweste an.«

Er bewegte sich nicht. »Ich habe keine
Angst.«

»Dann reiß dich um Himmels willen zusammen«, schrie ich. »Wir müssen hier raus!«

»Was bringt das?«, sagte er. »Du weißt,
dass ich nicht schwimmen kann. Rette dich,
Ray. Das ist die einzig logische Sache, die
du tun kannst.«

Das Wasser stand mir bereits bis zu den Knien.

»Ich werde die ganze Zeit bei dir sein. Zusammen können wir es schaffen. Ich weiß, dass wir das können.«

Armer Tommy; während meiner Tapferkeits-Darbietung sah ich plötzlich, dass er vor Angst gelähmt war. »Versprichst du, dass du mich nicht verlässt, Ray?«

»Ich schwöre es beim Leben meiner Mutter.«

Er nickte und griff nach seiner Schwimmweste.

Es war eine sternlose Nacht. Das Zischen des Dampfs mischte sich mit den gequälten Schreien der Verwundeten und ein junger Leutnant zur See schnitt die Rettungsboote los, während ein anderer mit einem Megafon umherrannte und »Schiff verlassen!« brüllte.

»Frauen und Kinder zuerst«, witzelte ein Möchtegern-Komiker, als wir unseren Aufstieg vom Achterdeck begannen.

Je weiter sich die *Thanatos* nach Steuerbord neigte, desto gefährlicher wurde unsere Kletterei. Kaskaden leerer Muschelschalen prasselten auf uns nieder wie bei einem riesigen Flipperautomat.

Oben schafften wir es irgendwie, das Geländer auf Backbord zu überwinden und uns auf die Seite des Schiffes zu manövrieren. Viele unserer Schiffskameraden stellten sich in einer Reihe auf, um sich ins Meer zu stürzen.

»Kommt rein«, schrie der Komiker, »das Wasser ist herrlich.«

Wir glitten runter bis zu den Kielräumen, wobei die Rankenfußkrebse große Rillen in meinen Hintern frästen. Da war nichts als Dunkelheit, als wir nebeneinanderkauerten und uns bereit machten für den Sprung ins Ungewisse.

»Ich kann das nicht«, flüsterte Tommy.

»Natürlich kannst du das. Na los, ich werde die ganze Zeit bei dir sein.«

Ich nahm seine Hand. Er zerquetschte meine Finger mit seinem schraubstockartigen Griff. »Okay, Tommy, auf drei. Eins, zwei ...«

Doch die *Thanatos* kämpfte mit dem Tod. Eine kolossale Explosion jagte uns in die Luft und das Nächste, was ich weiß, ist, dass ich vom sinkenden Schiff unter Wasser gezogen wurde. Zweimal riss es mich nach unten; zweimal schaffte ich es, mich nach oben zu kämpfen und eine Ladung öliges Wasser auszuspucken.

»Tommy! Tommy! Wo bist du?«, brüllte ich.

Unter anderen Umständen hätte es ein recht nettes Spektakel sein können: Hunderte von Männern, leuchtende Fackeln, die im Wasser umhertanzten. Einige kletterten in die Rettungsboote und einige trillerten dieses gottverdammte Liedchen »Rosamunde«. Ich schlug immer wieder um mich in das tintenschwarze Wasser, rief Tommys Namen und betete um ein Wunder.

Die erste Leiche, die mir begegnete, ließ mich würgen. Als ich auf die dritte stieß, hatte ich schon Übung darin, sie auf den Rücken zu drehen und ihnen mit meiner Taschenlampe in ihre blauen, leblosen Gesichter zu leuchten. So erbärmlich es war, ich konnte nicht anders, als jedes Mal erleichtert zu seufzen, wenn da nicht Tommy vor mir lag. Irgendetwas sagte mir, dass er noch lebte; irgendetwas sagte mir, dass ich den Hauch einer Chance hatte, ihn zu finden.

»Na los, Tommy, ich weiß, dass du da draußen bist.«

164

Die blinkenden Lichter der Rettungsboote wichen langsam in die Dunkelheit zurück. Ich musste ihn finden, und zwar schnell.

»Na los, Tommy, mach dich irgendwie bemerkbar!«

Es schien wie ein Wunder. Seine Stimme war nur ein schwacher Hauch, doch ich hätte sie überall erkannt. »Ray ... Ray ... bist du das, Ray?«

»Keine Sorge, Tommy. Ich komme und hole dich.«

Und da war er, klammerte sich an ein Stück Treibholz. Er zuckte, als ihm der Strahl meiner Taschenlampe voll ins Gesicht leuchtete. »Du hast dir ganz schön Zeit gelassen.«

Ich wollte ihn ganz fest umarmen. Doch wie Du weißt, war ich nie für unnötiges Zurschaustellen von Gefühlen.

»Also los, du undankbarer Mistkerl, jetzt sehen wir zu, dass wir hier rauskommen.«

Seine Stimme wurde plötzlich schwächer. »Versprich mir, dass du bei mir bleibst, Ray.«

»Selbstverständlich werde ich das tun, aber wir müssen uns etwas beeilen. Die Ret-

tungsboote werden nicht ewig warten, weißt
du?«

Wie rasch sich ein Hochgefühl in Verzweiflung wandeln kann. Aller Glaube an ein
unwahrscheinliches Happy End verschwand
augenblicklich, als meine Taschenlampe
das klaffende Loch in seiner Brust ausmach-
te, das Blut spuckte. Ich brauchte keinen
Arzt, um zu wissen, dass er sterben würde.
Kein Mensch auf der Welt hätte mit einer
solchen Wunde überleben können.

Und trotzdem schaffte er es irgendwie zu
lächeln. »Warum heulst du? Jetzt sei bloß
kein Weichei, Ray, hörst du?«

»Ich heule nicht«, sagte ich und meine
salzigen Tränen vermischten sich mit dem Öl
und dem Meerwasser. »Ich lache.«

Rosamunde verklang in der Ferne. Das
Schicksal hatte mich vor eine brutale Wahl
gestellt: Entweder hielt ich mein Verspre-
chen und blieb bei Tommy – bis zum bitteren
Ende –, oder ich trennte mich, um zu den
Rettungsbooten zu kommen und mich selbst in
Sicherheit zu bringen, bevor es zu spät
war.

Das nächste Mal sah ich Tommy im 69th Ge-
neral Hospital in Alexandria. Ich konnte

nicht verstehen, wieso er schon wieder auf den Beinen war, während ich noch im Bett lag. Doch ich hatte Glück gehabt; die meisten anderen armen Teufel auf der Station waren Brandopfer, die es übel erwischt hatte, während ich nur leichte Verbrennungen und einen wunden Hintern hatte.

Es war eine solche Erleichterung, ihn zu sehen. Doch ich verstand nicht, warum sein Gesicht noch immer mit Öl verschmiert war. Und ich verstand nicht, warum niemand seine Wunde behandelt hatte, die noch immer Blut spuckte. Außerdem konnte ich mir keinen Reim auf sein versteinertes Schweigen machen – wie er am Fuß des Bettes stand und einfach winkte.

Und plötzlich war er verschwunden.

Ich schrie nach der Krankenschwester. Warum war mein alter Kumpel fortgegangen, ohne sich von mir zu verabschieden? Sie lächelte professionell und sagte, dass ich mich täuschen würde. Es wäre mitten in der Nacht. Besuchszeit wäre zwischen 14 Uhr und 15.30 Uhr. Außerdem, wenn er wirklich so ein guter Freund wäre, würde er bestimmt morgen wiederkommen.

Die Krankenschwester hatte recht – eine

Woche lang besuchte Tommy mich jede Nacht. Er stand am Fuß meines Bettes und winkte vorwurfsvoll, bis eines Nachmittags ein Geschützführer der *Thanatos* das bestätigte, was ich bereits wusste: dass ›der Professor‹ tot war.

Während meiner nächsten Freistellung machte ich mich auf zu Tommys Eltern. Ich erzählte ihnen, wie mutig er gewesen war, wie glücklich ich mich schätzte, einen solch guten Freund gehabt zu haben, und dass das Leben ohne ihn nicht mehr dasselbe sein würde. Doch ich erzählte ihnen nicht, wie er starb, dass ich der Feigling war, der ihn zu einem kalten und einsamen Tod verdammt hat, und dass ich niemals seinen Blick vergessen würde, als ihm klar wurde, dass ich ihn im Stich ließ.

Als wir wieder auseinandergingen, gab ich seiner Mutter einen Abzug des Fotos, das wir in Alexandria aufgenommen hatten, und sie schenkte mir ein paar Brausebonbons für die Rückfahrt. Während ich wie von Sinnen davontaumelte, stolperte ich und fiel hin. Dabei schnitt ich mir das Gesicht an einer zerbrochenen Milchflasche auf. Eigentlich hatte ich niemals behauptet, dass

das eine Kriegswunde war, die Leute hatten
es einfach angenommen. Und meine gute alte
Mutter war so stolz auf mich, dass ich es
nicht übers Herz gebracht habe, ihr zu erzählen, was wirklich passiert war: dass
ich mir diese Wunde zugezogen habe, als ich
dem Bus hinterhergerannt bin. Toller
Kriegsheld, was, Sam?

Am Anfang habe ich jeden Tag an Tommy
gedacht. Zum Glück für meine geistige
Gesundheit hielt das nicht dauerhaft an.
Doch vor jedem wichtigem Moment in meinem
Leben (erster Job, Hochzeitstag, Kinder,
Ruhestand – Enkel natürlich) hatte ich
diese intensiven Träume von ihm. Und gelegentlich bildete ich mir ein, sein Gesicht
in der Menge gesehen zu haben, doch während
ich natürlich älter wurde, blieb Tommy
immer 18.
  Deshalb wusste ich genau, was passieren
würde, als ich wieder von ihm zu träumen
begann. Genauso wie ich wusste, dass ich
niemals in Frieden würde sterben können,
wenn ich niemandem erzählte, was in der
Nacht, in der unser Schiff unterging, wirklich geschehen war.

10.40 Uhr

»Hey, Junge, leg das Ding weg!«

Ich starrte auf den letzten Absatz und wünschte mir sowohl literarisch als auch sinnbildlich betrachtet, dass das nicht das Ende war.

»Interessant, was?«, sagte Mr Catchpole.

Jetzt, wo ich Großvaters Geschichte zu Ende gelesen hatte, überkam mich das unangenehme Gefühl, dass das Einzige, was mir wirklich in den Genen lag, das Weglaufen war. Alles, was ich herausbrachte, war ein benommenes »Ja, Sir«.

»Hörst du das, Bryony?«, sagte Mr Catchpole und tastete in der Gepäckablage nach seiner Tesco-Tüte. »Ein St-Thomas's-Schüler, der ein ernsthaftes Interesse am Lesen verkündet.«

»Ja, nett«, entgegnete Peel, zwinkerte Miss Stanley zu und drückte seinen Kaffeebecher zusammen. »Ich dachte, *du* wärst derjenige, der für die Unterhaltung sorgt, Colin.«

Der Großteil der Klasse befand sich schon auf dem Bahnsteig und drückte die Nasen gegen das Fenster unseres Abteils – wie eine Galerie leichenfressender Dämone. Und einer davon – wenn ich nur gewusst hätte, wer – hatte !ᗡAƎᗡ OƧ Я U in den Staub geschrieben.

»Na los, Samuel, du lässt alle warten«, sagte Miss Stanley. »Warum gehst du nicht zu deinen Freunden?«

»Oh, das ist keine so gute Idee«, sagte Mr Catchpole. »Wir wollen ihn doch nicht wieder herumirren lassen, oder? Du kommst besser mit Miss Stanley und mir – und keine lustigen Spielchen mehr.«

Mir machte das Gequäke und der Schwall von Beschimpfungen, die mir entgegenschlugen, als ich in Begleitung meiner beiden finster dreinblickenden Aufpasser auf den Bahnsteig trat, nichts aus, denn zumindest für die nächsten zehn Minuten war ich sicher.

»Bringt mich nicht dazu zu schreien«, schrie Mr Catchpole. »Und bleibt um Himmels willen einen Moment stehen, während Miss Stanley durchzählt.«

»Passen Sie lieber auf Sam Tennant auf, Miss«, sagte Pete Hughes, hielt sich einen imaginären Revolver an den Kopf und drückte ab. »Ich denke, er könnte kurz davor sein, seinen zu verlieren.«

Mr Catchpole führte die Gruppe den Weg am Fluss entlang, vorbei an Schwärmen von verschwitzten Joggern, coolen Londoner Kids auf Skateboards, die selbst Pete Hughes wie einen Trottel aussehen ließen, Sushi-Restaurants mit Aluminiumtischen, und an einem alten Mann und seinem Hund, der hinter einem mit Filzstift beschriebenen Stück Pappe lag: Bitte helfen Sie mir. Ich bin verzweifelt.

Ich wusste genau, was er meinte. Während ich auf die trostlose Silhouette des Tower of London blickte, fühlte ich mich wie dieser arme Mann. Anne Boleyn hatte immerhin *gewusst*, dass sie enthauptet werden würde. Ich hatte nicht die geringste Ahnung, was mich erwartete.

»Warum sind sie so ruhig?«, flüsterte ich. »Was werden sie als Nächstes tun?«

Dumbo war zwei Schritte hinter mir und pellte eine Orange. »Das scheint niemand zu wissen. Sie warten auf ein Zeichen vom Imperator.«

»Was?«

»Keine Sorge, ich habe eine Vermutung, wer es sein könnte.«

»Du sagtest, du hättest nicht die leiseste Ahnung.«

»Ich bin sicher, dass du Sherlock Holmes' Theorie kennst«, sagte er recht süffisant. »Das, was bleibt, wenn du das Unmögliche ausgeschlossen hast – ist es auch noch so unwahrscheinlich –, muss die Wahrheit sein.«

»Okay, wer ist es?«

»Ich muss erst noch etwas überprüfen, aber ich werde es dir sagen, sobald ich mir absolut sicher bin.«

»Gut, dann mach nicht lange rum. Bis dahin könnten sie mich schon getötet haben.«

Ein ironisches »Ohhhhh« ertönte, als wir vor der *Belfast* stehen blieben. Doch auch wenn sie ziemlich beeindruckend war (sechs enorme Geschütze zeigten gen Himmel), widmete ich ihr keinen zweiten Blick, sondern starrte nur in das trübe grüne Wasser und fragte mich, wie ich noch vor zwei Wochen Lust auf diesen Ausflug gehabt haben konnte.

12.30 Uhr

Ich traute mich nicht zu essen, doch nachdem die anderen ihre Lunchpakete verdrückt und wir uns eine unter normalen Umständen interessante Präsentation über die D-Day Landings angesehen hatten, führte uns Mr Catchpole auf das Achterdeck, um »letzte Instruktionen« zu erteilen.

»Okay«, sagte er. »Kann mir jemand sagen, warum wir eigentlich hier sind?«

»Um ein Huhn zu strangulieren?«, schlug eine Stimme von hinten vor.

»Wir sind hier, um der Realität des Krieges ins Auge zu sehen«, sagte Mr Catchpole. »Und während wir das tun, darf ich euch noch einmal daran erinnern, dass hier der gute Name des St Thomas's Community College auf dem Spiel steht. Habe ich mich klar und deutlich ausgedrückt?«

Callum Corcoran schlug seine Hacken zusammen und erhob seinen Arm zum Hitlergruß. »Ja, mein Führer!«

»Alles klar, Corcoran, das ist einmal Nachsitzen«, sagte Mr Catchpole und schien sich Bestätigung von dem Mann in Marine-Uniform zu erhoffen, der die Tickets kontrollierte. »Wir treffen uns hier Punkt halb zwei wieder. Und wehe, jemand lässt mich warten! Aber bevor ihr geht, sollten wir noch zwei Minuten still sein und darüber nachdenken, wie es gewesen ist, während des Kriegs auf der *Belfast* zu dienen. Stellt euch einen jungen Mann vor, nicht viel älter als ihr, der das erste Mal von zu Hause weg ist und sich mit der sehr realistischen Aussicht konfrontiert sieht, niemals zurückzukehren.« Er sah auf seine Uhr. »Zwei Minuten Ruhe, beginnend ... *jetzt*.«

In nur 120 Sekunden würde jeder hier machen können, was er wollte. Ich blickte ein letztes Mal auf die Hauptverdächtigen: Callum und Animal veranstalteten einen Spuckwettbewerb in die Themse, Gaz Lulham und Chelsea checkten ihre Handys und kicherten verstohlen, Pete Hughes fixierte mich mit einem bösen Lächeln und irgendwer weiter hinten pfiff den Todesmarsch.

Ich wollte es nicht zugeben, doch ich war genauso weit davon entfernt herauszufinden, wer der Imperator war, wie vor zwei Wochen, als der ganze Albtraum begonnen hatte.

Und dann sah ich Dumbo, der verzweifelt versuchte, meine Aufmerksamkeit zu erlangen. Eine Gruppe Mädchen verstellte ihm den Weg, er stand auf Zehenspitzen und winkte mit seinem Notizbuch in meine Richtung. Wenn ich nur in der Lage gewesen wäre, von den Lippen zu lesen. Denn er formte mit seinem Mund ein Wort, das ich nicht erraten konnte. Es sah aus wie »glücklich«, aber was sollte das bedeuten? Ich fühlte mich bestimmt nicht glücklich und letztlich gab es für Dumbo auch nicht viel zu lachen.

»In Ordnung«, sagte Mr Catchpole. »Ich hoffe, das hat euch ein wenig zu denken gegeben. Gleich werde ich euch bitten, *gesittet* loszugehen. Folgt einfach den Pfeilen, es ist alles gut ausgeschildert.«

Dumbo versuchte, sich durch die Menge zu mir zu drängen und nutzte seine Aktentasche als Rammbock.

»Habe ich irgendjemandem erlaubt, sich zu bewegen?«, brüllte Mr Catchpole. »Nein, Sir, das habe ich nicht. Und du solltest es eigentlich besser wissen, Stephen Allbright. Bleib genau da, wo du bist, und beweg nicht einen Muskel, bis ich es sage.«

»Dumbo hat seinen Taschenrechner vergessen«, schrie irgendein Witzbold.

In einem verzweifelten Versuch, die allgemeine Übermütigkeit zu bändigen, schwang Mr Catchpole seine Tesco-Tüte in der Luft. »Mr Peel und die Elternhelfer sind bereits auf den Decks. Aber wie ihr sehen könnt,

174

ist die *Belfast* so groß, dass sie unmöglich überall auf einmal sein können. Anstatt zu versuchen, euch die ganze Zeit zu überwachen, werden Miss Stanley und ich unser Lager im Café Walross aufschlagen, wo wir euch zur Verfügung stehen, solltet ihr irgendwelche *vernünftigen* Anliegen haben.«

War es möglich, auf einem stehenden Schiff seekrank zu werden? Ich hatte darauf gebaut, mich wie Klebstoff an die Fersen von »Ich sorge hier für die Unterhaltung« zu heften, aber wenn er Kaffee mit Miss Stanley trank, konnte ich mich auch gleich selbst dem Imperator übergeben. Meine einzige Hoffnung war, ein gutes Versteck zu finden und mich dort bis halb zwei aufhalten zu können. Wenn ich mich nur besser an die Details der virtuellen Tour erinnert hätte ...

»Also, los geht's«, sagte Mr Catchpole. »Und vergesst nicht: Ihr müsst euch vorstellen, wie es wäre, Todesangst zu haben.«

12.36 Uhr

Ich raste den düsteren Gang hinunter, vorbei am Büro des Schiffsbauers und an der Kapelle, über den rot-weiß karierten Linoleumboden. Es stank nach Bohnerwachs und jedes Mal, wenn man sich umdrehte, waren da eine bleichgesichtige Wachsfigur irgendeines Seemanns aus dem Zweiten Weltkrieg sowie die geisterhaften Stimmen von Churchill und Vera Lynn in einer Endlosschleife.

Doch das war nicht Churchill, und ganz sicher war das auch nicht Vera Lynn.

Der unverkennbare Klang der Corcoran-Lache verfolgte mich wie ein Stalker. Und wie in einem dieser Träume, in dem sich deine Füße wie Beton anfühlen, musste ich all meine Kraft aufbringen, um mich in die Kombüse zu schleppen und mich hinter eine grimmig dreinschauende Puppe zu ducken, deren Fleischerbeil über einem Braten aus Pappmaschee schwebte.

»Wo ist er?«, fragte Animal und kam gefährlich nahe.

Callum Corcorans Turnschuhe erschienen in der Türöffnung. »Wahrscheinlich pinkelt er sich ein.«

Es war zu nah an der Wahrheit, um nur halb so lustig zu sein, wie Animal dachte, dass es war. »Ja, bestimmt, aber was stellen wir mit Chickenboy an, wenn wir ihn finden?«

Pete Hughes' Vans mit Schachbrettmuster kamen neben die silbernen Nikes geschlendert. »Vergewissert euch, dass eure Handys an sind. Wartet auf das Signal des Imperators.«

»Wieso können wir ihm nicht einfach eine klatschen?«

»Weil das, was der Imperator vorhat, sehr lustig sein wird«, sagte Gaz Lulham. »Die Website war echt der Hammer.«

»Also los«, sagte Callum Corcoran. »Lasst uns draußen nachsehen. Weit kann er nicht gekommen sein.«

Ich stieß einen Seufzer der Erleichterung aus, der bei einem Erdbeben wahrscheinlich 9,9 auf der Richterskala angezeigt hätte.

Mein Handy war schuld. Die ersten paar Töne der *Mission: Impossible*-Melodie dröhnten los, bevor mein Daumen die Taste mit dem roten Hörer drücken konnte. Welches Spiel spielte Dumbo hier?

»Habt ihr das gehört?«, fragte Gaz Lulham.

»Was gehört?«, fragte Pete Hughes.

»Ich dachte, ich hätte Musik gehört – ihr nicht?«

»Das ist Vera Lynn, du Honk«, sagte Pete Hughes.

»Vera Wer?«, fragte Animal.

Pete Hughes klang verdächtig nach ihrem befehls-habenden Offizier. »Ist doch jetzt egal, lasst uns raus-gehen.«

Und das war genau das, was ich tun musste; es war unmöglich, die nächste Stunde in dieser Position zu verharren. Ich musste mich irgendwo anders verstecken. Und nach dem, woran ich mich nach der virtuellen Tour erinnerte, glaubte ich, den perfekten Ort zu kennen.

12.42 Uhr

Irgendwer knurrte böse, als ich ein paar ausländische Schüler zur Seite schob. Ich murmelte ein Excusez-moi, aber es gab keine Zeit für Höflichkeiten, wenn ich dieses Versteck finden wollte.

Und da war sie – die riesige Schleuse, die runter in den Maschinenraum führte und den Weg bereitete für meine wunderbare Flucht. Nur eines hielt mich auf: die entschlossene Gestalt oben auf der Leiter, die mir den Weg versperrte.

»Dumbo, was machst du da?«

»Du kannst da nicht runter.«

»Warum nicht? Ich habe gedacht, das wäre ein super Ort, um sich zu verstecken.«

»Nein, du darfst da nicht runtergehen.«

»Bitte, du stehst mir im Weg.«

177

Ich versuchte, mich an ihm vorbeizudrängen, doch er blieb standhaft, die Arme ausgebreitet wie ein Kreuz. »Tut mir leid, Sam. Ich kann dich nicht da runtergehen lassen.«

Wir starrten einander an, bis ein Gedanke, der in den Untiefen meines Hirns davongewabert war, an der Spitze meines Bewusstseins explodierte. »Oh mein Gott.«

Er ergriff seine Aktentasche. »Was ist los?«

»Du bist es, oder?«

»Hä?«

Und plötzlich war alles so offensichtlich. Warum war ich nicht früher daraufgekommen? »Du bist der Imperator, stimmt's?«

Sein schokoladenverschmierter Mund formte sich zu einem – wie ich fand – selbstzufriedenen Lächeln. »Wie bist du denn darauf gekommen?«

»Was hast du doch gleich gesagt? Das, was bleibt, wenn du das Unmögliche ausgeschlossen hast ... Wie geht das? Ich meine, wer sonst hätte diese Website erstellen können? Und warum hast du mich genau dann angerufen, als sie mich gesucht haben? Das wusstest du doch!«

»Ganz der kleine Sherlock Holmes, was?«

»Meine Mum hat zig solcher Kids wie dich behandelt.«

»Das wage ich zu bezweifeln.«

»Geh mir aus dem Weg!«

Es fühlte sich gut an, der Augenblick, in dem meine Faust auf seinen schwabbeligen Bauch traf. Dumbo krümmte sich vor Schmerz zusammen. Ich drückte mich an ihm vorbei auf die erste Stufe der Leiter.

»Sam«, stöhnte er. »Ich muss dir etwas sagen.«

178

Ich hatte genug von diesem Freak gehört, das reichte für ein ganzes Leben. Ich schlitterte das Geländer hinunter und kam in einem engen, grünen Gang zum Stehen. Das verwirrende Netz aus riesigen Rohren, Rädern und Messgeräten ließ mich erstarren. Ich war wie paralysiert, als die Stimme aus dem Informationsmonitor von unten dröhnte: *Die Antriebsmaschinerie der* HMS Belfast *wurde auf Grundlage eines Systems entwickelt, das erstmals bei der US Navy eingeführt wurde ...*

Eine Stimme von oben holte mich zurück in die Realität. »Sam, komm zurück. Wir müssen reden.«

»Hau ab. Lass mich in Ruhe.«

Doch es nützte nichts. Eine Sekunde später kletterte Dumbo auf der Leiter nach unten.

12.43 Uhr

Es gab nur einen Weg, und das war der nach unten. Wo waren diese Elternhelfer, wenn man wirklich mal einen brauchte? Ich polterte den grünen Gang entlang und der einzige Gedanke in meinem Kopf war, dass ich so schnell wie möglich von diesem Psycho wegmusste.

»Sam, warte«, rief er. »Du verstehst nicht.«

Ich verstand sehr wohl. Meine Lungen waren in einem schrecklichen Zustand, doch ich zwang mich weiterzuhetzen, denn nach allem, was ich erlebt hatte, wollte ich nicht wissen, wozu Dumbo noch fähig war.

Ich warf mich eine andere Eisenleiter nach unten, meine feuchten Hände fanden kaum Halt am Geländer. Und das war's. Ich konnte nicht weiter nach unten. Während ich in das finstere Labyrinth stolperte, vorbei an der Aufschrift *Sie befinden sich nun unterhalb der Wasseroberfläche*, suchte ich vergeblich nach einem Ort, an dem ich mich verstecken konnte, und betete um ein Wunder.

In dem Augenblick, als ich um die Ecke bog, wurde mir klar, dass das Spiel vorbei war. Neben dem Informationsmonitor standen zwei schemenhafte Gestalten. Selbst von hinten erkannte ich die Schulblazer. Gefangen, wie eine Ratte in der Falle, verfluchte ich mich selbst dafür, dass ich mich von Dumbo hatte hereinlegen lassen.

Seine beiden Komplizen drehten sich langsam zu mir um und ... und ...

Und vielleicht glaubte ich am Ende doch an Wunder. Ein Gefühl der Erleichterung brach über mich herein wie eine Flutwelle und ich war so froh, dass ich eine Art erleichtertes Glucksen von mir gab. »*Ihr* seid es!«

»Hallo, Sam.«

Es war lustig, wie die beiden da so nebeneinanderstanden. Ich hatte nicht gedacht, dass sie sich kannten. »Ihr habt keine Ahnung, wie froh ich bin, euch zu sehen.«

»Gleichfalls, Sam. Wir haben uns gefragt, wo du hinwillst.«

Dumbo schloss schnell zu uns auf, doch das machte mir nichts mehr aus; ich war mir ziemlich sicher, dass wir drei ihn erledigen konnten. »Ich habe ein Versteck gesucht. Ist allerdings nicht so einfach, wie ich dachte.«

»Ja, ich weiß«, sagte Abby und griff in ihre Schultertasche. »Du kannst weglaufen, Sam, aber du kannst dich nicht verstecken.«

»Wem sagst du das!«

Und wir lachten alle, wie am Ende einer billigen Sitcom.

»Ach, übrigens, Sam«, sagte sie und reichte mir ein kleines Stück weißen Kunststoff. »Geschenk für dich.«

Es war wie die Wiedervereinigung mit einem alten Freund. »Wow, danke, Abby, ich hätte nicht gedacht, ihn jemals wiederzusehen.« Und dem Grinsen auf Alex' Gesicht nach zu urteilen, schien mein iPod nicht der einzige Freund zu sein, mit dem ich wiedervereint wurde. »Aber wo hast du ihn gefunden?«

»In deinem Rucksack«, sagte Abby.

»Was?«

Sie verdrehte die Augen. »Du hast es nicht mal bemerkt, oder?«

»Ist er rausgefallen oder was?«

Dumbo taumelte um die Ecke und brach zu einem Haufen zusammen wie Dad nach seinem ersten Quadrathlon.

»Du warst zu sehr damit beschäftigt, mir dein kleines Herz über unsere Website auszuschütten«, sagte Abby.

Ich war so durcheinander, dass es, als ich meinen Mund öffnete, einige Sekunden dauerte, bis die Worte herauskamen. »Du hast ihn ... *gestohlen*? Warum hast du das getan?«

»Ist das nicht offensichtlich?«, fragte Abby. »Weil wir dich hassen, oder, Lex?«

Alex nickte und mein ganzes Universum stellte sich komplett auf den Kopf.

Sobald ich mein Gleichgewicht wiedergefunden hatte, begann ich, die Einzelteile dieser seltsamen neuen Welt zusammenzusetzen. »Du bist es, Abby, oder? Du bist es. Ich kann nicht glauben, dass *du* der Imperator bist.«

»Das ist richtig. Und mein kleiner zukünftiger Stiefbruder hier ist Ollyg78.«

»Das ist es, was ich versucht habe, dir zu sagen«, stöhnte Dumbo.

»Der erste Hinweis war ihre Website. Ich dachte eigentlich, ich wäre der Einzige, der HTML beherrscht. Aber dann fiel mir dieses Online-Portfolio ein, das sie in Informatik erstellt hat.«

»Beeil dich ein bisschen«, sagte Abby. »Wir haben noch ein Hühnchen zu rupfen.«

»Ich konnte mir keinen Reim darauf machen, warum die Nachricht auf dem Spiegel mit Nagellack geschrieben worden war«, fuhr Dumbo fort, »und dann, als Catchpole heute seine Ansprache gehalten hat, wurde mir bewusst, wer genau dieselbe Nagellackfarbe trug, und dann war alles klar. Sieh dir ihre Hände an, Sam, sieh auf ihre Hände.«

Abby applaudierte sarkastisch. »Gut gemacht, Dumbo. Eine Medaille für das Klassengenie!«

Mir fiel es immer noch schwer, einen Sinn in der ganzen Sache zu erkennen. »Was war das mit deinem zukünftigen Stiefbruder?«

»Ja«, sagte Abby und wickelte eine Haarsträhne um ihren Ringfinger. »Unsere Eltern werden heiraten, oder, Lex? Und anstatt zu kotzen, wenn ich die beiden Mummy und Daddy spielen sehe, dachte ich, wir könnten auch etwas Produktiveres tun.«

»*Mich* zu schikanieren, meinst du?«

»Dich zu schikanieren?«, sagte Abby. »Das klingt ja

so geschmacklos. Na los, Sam, es war um einiges spektakulärer als das.«

»Aber warum? Ich dachte, du magst mich.«

»Das war der schwierigste Part«, entgegnete Abby und ein roter Streifen breitete sich wie ein Lauffeuer auf ihrem Gesicht und ihrem Nacken aus, »... Vorzugeben, an einem Loser wie dir interessiert zu sein.«

Ich hatte immer angenommen, Abby verbrachte ihr halbes Leben mit Rotwerden, weil sie so schüchtern war; plötzlich wurde mir klar, dass sie einfach *sehr* wütend war.

»Können wir nicht über die ganze Sache reden?«, fragte ich.

Sie warf ihren Kopf zurück und lachte. »Du klingst genau wie deine Mutter. Die Schlampe meinte, ich wäre übergeschnappt.«

»So etwas würde meine Mum nie sagen.«

»Das stimmt«, sagte Dumbo und kämpfte sich auf die Knie. »Sie mag ein wenig unkonventionell sein, aber Dr Tennant ist eine hervorragende Psychiaterin.«

»Halt's Maul, du Schwachkopf«, zischte Abby und schlug Dumbo mit einer ihrer Lederballerinas in den Bauch. »Sie ging mir echt auf den Geist mit ihren dummen Fragen: *Wie war die Woche? Warum bist du so wütend auf deine Eltern? Welche Gefühle löst das in dir aus?* Die dumme Kuh wusste nie, wann es genug war. Und wie hätte ich mich besser an Sigmunde Freud rächen können, als ihrem geliebten kleinen Harry Potter solche Angst einzujagen, dass er sich in die Hosen scheißt?«

»Du hast mein ganzes Leben ruiniert.«

»Ich dachte, du hättest den Seewetterbericht gehört,

183

Chickenboy. Er hätte wissen müssen, dass das eine stürmische Überfahrt wird, oder, Lexie?«

Alex starrte auf das Deck.

»Aber du hast so viele Leute gegen mich aufgehetzt.«

»Ja.« Sie lächelte. »Und es war *so* einfach – ein paar kindische Witze, ein paar billige Bemerkungen über deinen Musikgeschmack und bingo! Dieser Idiot Catchpole hört nicht auf, über Gruppenzwang zu quatschen, aber ein leichter Schubs in die richtige Richtung und schon fraßen sie mir aus der Hand.

»Aber warum?«, flüsterte ich. »Warum haben sie das getan?«

»Oh, es ist erstaunlich zu sehen, wie motivierend geteilter Hass wirken kann! Corcoran und seine Kumpanen wollen den ganzen Tag nur auf ihren fetten faulen Ärschen sitzen, doch präsentier ihnen ein neues Opfer und es gibt niemanden, der nicht eine Extrameile laufen würde. Du solltest das eigentlich wissen, oder, Sam? Was war das noch mit der Nonne, an die ich dich erinnere?«

»Ich wollte dich zum Lachen bringen.«

»Und denk nur an den Riesenspaß, den du mit dem ›Klammeraffen‹ hattest.«

Alex hatte nicht ein Wort gesagt, doch seine Ohren waren feuerrot. Er stand da, die Hände in den Taschen, und studierte den Boden durch seine neue Designerbrille.

»Was ist mir dir, Lex?«, fragte ich. »Wir waren ewig befreundet. Meine Mum ist immer nett zu dir.«

»Ja«, murmelte er, »du und deine perfekte Familie.«

»Ich dachte, du magst meine Familie.«

Alex zuckte die Schultern. »Du musstest immer darauf rumreiten, oder? Auf der Scheidung meiner Eltern und dem ganzen Zeug, so als wäre das alles ein riesengroßer Witz. ›Oh, guck mal, Lex hat einen neuen MP4-Player bekommen – ich wünschte, *meine* Eltern würden sich scheiden lassen‹.«

»Das habe ich nicht gesagt.«

»Außerdem hast du immer so getan, als wärst du so viel schlauer als ich. Erinnerst du dich an das DJ-Pult, das meine Mum mir gekauft hat? Du meintest, dass meine Chancen, DJ zu werden, so groß wären wie Callum Corcorans Aussichten auf den Friedensnobelpreis. Aber ich habe dich neulich im Musiktrakt gar nicht lachen hören. Mein Chickenboy-Mix hat dich zu Tode erschreckt.«

Ich fühlte mich, als hätte jemand mein Leben genommen und es die Toilette hinuntergespült. »Und das ist der Grund für all das?«

»Niemand mag ein kluges Arschloch, oder, Lexie?«, sagte Abby und holte ihr Handy hervor.

»Hört mal, es tut mir wirklich leid«, sagte ich und wusste, dass ich in weniger als einer Minute vollkommen unkontrolliert losheulen würde. »Ich wollte keinen von euch verärgern. Ich verspreche, das wird nie wieder passieren.«

»Und du glaubst, dann ist das alles hier vorbei, oder was?«, sagte Abby und fuhr im Schnellgang mit ihrem rechten Daumen über das Display. »Warte einfach auf das große Finale, Samuel. Ich muss nichts weiter tun, als der Kontaktliste des Imperators eine Nachricht zu schicken, und schon wird meine kleine Bande angelaufen kommen. Ich wette, sie können es nicht erwarten zu erfahren, was ich für dich geplant habe.«

Dumbo rieb sich den Bauch. »Ich wäre an deiner Stelle sehr vorsichtig, Abigail. Du könntest in ernsthafte Schwierigkeiten geraten. Was würden deine Eltern sagen?«

»Als würde die das interessieren«, entgegnete Abby und hielt mir ihr Handy vor die Nase, als wollte sie mich herausfordern, es zu schnappen. »Nein, es ist so weit, du Trottel. Alles, was ich tun muss, ist … *verdammt*!«

»Was ist los?«, fragte Alex.

»Ich habe hier unten ganz schlechten Empfang. Du hältst ihn fest, während ich aufs Deck gehe.

Abby begab sich auf die Leiter, doch sie kam nicht weiter als ein paar Stufen, da eine braune Lederrakete durch den Maschinenraum schoss und sie samt ihrem Handy zu Fall brachte.

»Lauf, Sam, lauf«, schrie Dumbo.

»Halt ihn auf!«, brüllte Abby und trat angewidert Dumbos Aktentasche weg.

Alex packte mich am Hals. »Wohin willst du denn, Chickenboy?«

Ich war so entsetzt über seinen Verrat, dass ich mich kaum bewegen konnte. Aus dem Augenwinkel sah ich, wie Abby ihr Handy aufhob. Dieses Mal gab es keine Möglichkeit zu fliehen.

»Ach Gottchen«, sagte sie. »Dachte der arme kleine Sammy, sein allerbester Freund würde ihn retten?«

Alex kicherte und die Wut, die in mir gebrodelt hatte, explodierte.

»Du solltest eigentlich mein Freund sein!«, schrie ich und fand irgendwie die Kraft, ihn von den Füßen zu heben und in Abbys Richtung zu schleudern. »Freunde sollten aufeinander aufpassen.«

Die Freiheit schien greifbar. Ich sprang zu der Leiter und machte mich daran, nach oben zu klettern. Und ich war ziemlich zufrieden mit mir, bis ich Abbys schrille Stimme hörte, die mir wie ein Messer in den Rücken fuhr. »Beeil dich, du Vollidiot, er entkommt!«

12.55 Uhr

Es mag mir in den Genen liegen, doch als ich das vordere Mannschaftsdeck erreichte, war ich so lange gelaufen, dass meine Lungen um Gnade flehten. Ich versuchte, mich unter eine Klasse von Grundschulkindern zu mischen, aber ich stach heraus wie ein Riese bei einer Jockey-Versammlung und ihr Lehrer warf mir einen solch miesen Blick zu, dass es keine andere Möglichkeit gab, als weiterzurennen.

Ich hätte besser auf Dads Worte gehört und die Ziellinie im Auge behalten, denn in dem Moment, als ich mich nach meinen Verfolgern umsah, verfing sich mein Fuß in einer Kette und ich flog der Länge nach hin.

Mein Kopf kam mit einem abscheulichen Schlag auf dem Deck auf und ich sah gebannt, wie sich eine Spur roter Punkte auf dem weißen Anstrich bildete. Einen Moment lang dachte ich, sie formten eine Art verschlüsselter Botschaft. Und dann wurde mir bewusst, dass ich blutete. Keine Tomatensoße dieses Mal, sondern dickes, rotes, klebriges Blut.

»Nein, nein, nein, nein, NEIN!« Ich wischte den Fleck

mit meinem Ärmel weg, weil ich wusste, dass ich ihnen – wenn ich die Hinweise nicht beseitigte – auch gleich eine Karte mit einem X zeichnen konnte, das die richtige Stelle anzeigte.

Die Wachsfiguren an den Tischen des Mannschaftsdecks sahen genauso demoralisiert aus wie ich, als würden sie jeden Moment mit einen Angriff rechnen. Einige kauerten über einer niemals endenden Partie Domino, andere hingen fortwährend über ihren Teetassen, während ein finster dreinblickender Gefreiter in trostloser Monotonie einen Brief nach Hause vortrug. Selbst die Schiffskatze wirkte deprimiert.

Ich rappelte mich wieder hoch, schwankend wie ein betrunkener Seemann, und suchte verzweifelt nach einem Ort, an dem ich mich verstecken konnte. Wenn ich nur irgendwoher die Kraft hätte nehmen können, in eine der Hängematten zu klettern, wäre ich vielleicht für eine Weile sicher gewesen. Doch das sollte wohl nicht sein.

Vielleicht fühlte es sich so an, betrunken zu sein. Ich meine, so etwas passierte normalerweise nur in Horrorfilmen. Warum sonst war ich überzeugt davon, dass die Wachsfiguren zum Leben erwachten? Ich starrte wie gelähmt auf eine Parade uniformierter Figuren, die aus der Dunkelheit hervortrat und sich in einer Linie vor mir aufstellte. Und ich war schlagartig wieder nüchtern, als ich die Reihe von Schulkrawatten erkannte – alle auf halbmast.

»So, so, so«, sagte Callum Corcoran und stand so dicht vor mir, dass ich sein Hubba Bubba beinahe schmecken konnte. »Seht mal, wer da ist.«

188

Das Mannschaftsdeck verwandelte sich in einen gackernden Hühnerstall.

Chelsea filmte alles mit ihrem Handy. »Was ist los mit ihm? Er kann ja nicht mal gerade stehen.«

»Wahrscheinlich eine Gehirnerschütterung«, sagte Pete Hughes.

»Wie viele Fäuste halte ich hoch?«, fragte Callum Corcoran.

Dieses Mal wusste ich, dass alles vorbei war. Da brauchte ich mir gar nichts vorzumachen. »Okay, ihr habt mich also gefunden. Tut, was ihr tun müsst, und bringt es hinter euch.«

Gaz Lulham sah Callum an. »Was *sollen* wir tun?«

»Wir werden ihm eine reinhauen, oder?«, sagte Animal. »Darf ich als Erster?«

»Nein«, sagte Pete Hughes. »Wir müssen auf das Zeichen des Imperators warten.«

»Na los, dann mach weiter«, sagte Chelsea.

Das erste Mal in seinem Leben wirkte Pete Hughes verwirrt. »Wovon redest du?«

»Du bist der Imperator, oder?«, antwortete Chelsea. »Sag uns, was wir tun sollen.«

»Nein, ich bin es nicht«, meinte Pete Hughes. »Ich dachte, es wäre Callum.«

»Aber ich dachte, es wäre Gaz«, sagte Callum.

»Und ich dachte, es wäre Chelsea«, entgegnete Gaz.

Animal sah enttäuscht aus. »Wieso dachte niemand, dass ich es bin?«

Und dann begannen plötzlich ihre Telefone zu klingeln – eine merkwürdige Mischung aus Arctic Monkeys, dem Lied aus der Cadbury's-Werbung, Kayne West, der

189

Austin-Powers-Titelmelodie und einem einsamen verrückten Frosch.

Sie kramten alle irritiert nach ihren Handys, als Abby
in das Durcheinander platzte, gefolgt von ihrem gerisse-
nen Leutnant.

»He, Klammeraffe!«, sagte Animal und brachte den
letzten verrückten Frosch-Klingelton der westlichen He-
misphäre zum Schweigen. »Was machst du hier?«

Abby schaltete wieder in den Verschwiegene-Nonne-
Modus. Die anderen verdauten im Stillen den Inhalt
ihrer letzten SMS. Was auch immer sie für mich geplant
hatte, es war mit Sicherheit nicht schön.

»Du hast gehört, was er gesagt hat«, meinte Chelsea.
»Warum rennst du uns hinterher?«

Es platzte aus mir heraus, weil sie es wissen sollten.
»Sie ist es, Abby, sie ist der Imperator!«

»Schnauze, Chickenboy«, sagte Callum Corcoran.
»Wir sind nicht blöd, weißt du.«

»Sie kann überhaupt nicht der Imperator sein«, sagte
Pete Hughes und strich sich den Pony zurück. »Schließlich ist sie viel zu beschäftigt damit, ihr edles Saxofon
oder was auch immer zu spielen.«

Dumbo sah aus wie jemand, der gerade einen Herz-
infarkt erlitten hatte und sich in die Notaufnahme quälte. »Es stimmt«, keuchte er. »Sie *ist* der Imperator. Ich
habe die Fakten studiert die Beweise sind eindeutig.«

Die Leute verstanden Dumbo nicht immer, doch es
war eine nicht von der Hand zu weisende Tatsache, dass
er stets recht hatte.

»Dachte mir schon, dass sie es sein könnte«, sagte
Gaz Lulham nicht gerade überzeugend.

»Ja«, fügte Chelsea hinzu. »Sie hat diesen bösen Blick.«

»Was bist du überhaupt für ein Mensch?«, fragte Pete Hughes und sah Abby dabei so vorwurfsvoll an, als wäre er das unschuldige Opfer einer grausamen Online-Verarsche. »Ich meine, ein paar Sachen waren auf eine abgedrehte Weise vielleicht ganz lustig, aber hast du ernsthaft geglaubt, wir würden *so* weit gehen?«

»Wir sind keine Tiere, weißt du«, sagte Animal.

»Seid ihr euch da sicher?«, murmelte Abby. »Ihr Idioten habt die letzten zwei Wochen alles getan, was ich euch gesagt habe, stimmt doch, oder, Lexie?«

Alex wich weiter in die Schatten zurück.

»Sie hat euch alle verarscht, oder?«, sagte Dumbo.

Callum Corcoran ließ seine Fingerknöchel knacken. »Ja, das war ziemlich daneben ...«

»Wieso kriechst du nicht zurück hinter deine Mathebücher, Dumbo?«, fragte Pete Hughes. »Wir regeln das jetzt.«

Abby versuchte, ihn zu unterbrechen, doch Animal sprang direkt vor sie. »Ey, Klammeraffe, wer ist hier der Idiot, he?«

Die anderen steckten die Köpfe zusammen, flüsterten fieberhaft, bis Pete Hughes die Kontrolle übernahm. »Alles klar«, sagte er. »Lasst es uns tun.«

Die Erfahrung hatte mich gelehrt, dass es keinen Sinn machte zu kämpfen, aber es waren drei Leute nötig, um Abby durch die Schleuse Richtung Schiffsbug zu zerren.

»Fasst mich nicht an, ihr Idioten. Ihr werdet das noch bereuen, dafür werde ich sorgen!«

In der ersten Strafzelle saßen ein selbstmordgefähr-
deter Seemann und sein wächserner Wärter, doch die
zweite Zelle war leer, damit man dort Fotos schießen
konnte. Sie drückten mich auf den kalten Metallboden.
Einen Augenblick später landete Abby auf mir.

»Das ist eine sehr schlechte Idee«, sagte Dumbo.
»Dieses Mädchen ist eine Irre. Niemand weiß, was sie
mit ihm anstellen wird.«

»Schnauze, Intelligenzbestie«, sagte Callum Corcoran
und feuerte meinen Rucksack durch die Zellentür. »Sie
bekommen lediglich das, was sie verdienen. Und wenn
du Catchpole davon erzählst, bist du ein toter Dumbo,
ist das klar?«

»Ja, aber –«

»Betrachte es einfach als interessantes Experiment«,
sagte Pete Hughes. »Das Überleben des Fettesten.«

Callum Corcoran lachte schon vorher über seinen
eigenen Witz: »He, hört mal zu! Was bekommt man,
wenn man einen Chickenboy mit dem Imperator
kreuzt? Ha, ha, ha, ha, ha, ha: Chicken Supreme!«

Und dann lachten alle los. Alle außer Animal, der sich
immer noch am Kopf kratzte und überlegte, als die
Zellentür zuschlug und der Riegel langsam vorgescho-
ben wurde.

13.14 Uhr
Abbys Augen waren voller Hass. Dumbo hatte recht –
man wusste nicht, wozu sie fähig war. Und in dieser
winzigen Zelle konnte man sich wirklich nirgends mehr

192

verstecken. Es war wie diese »Ultimate Fighting«-Sache, für die Dad mich begeistern wollte. Ich rutschte an das Ende der Holzbank und machte mich bereit für den finalen Kampf, als sie ihre blutroten Fingernägel in die Handflächen presste und zwei Fäuste formte.

Unvermittelt sprang sie von der Bank hoch.

»Lasst mich raus! Lasst mich raus, ihr Trottel!«, kreischte sie, schlug auf die Tür ein und gab zur Sicherheit noch ein paar Tritte in Tornadogeschwindigkeit dazu. »Ich halte es hier drinnen nicht aus!«

Ihre Wangen waren von wütenden roten Flecken übersät und ihr Atem klang so schlimm wie Großvaters. »Ich muss hier raus, muss hier raus, muss hier raus«, flüsterte sie und schritt die drei Meter vom hinteren Teil der Zelle bis zur Tür auf und ab wie eine gestörte Löwin.

»Alles okay mit dir?«, fragte ich.

»Was interessiert dich das, Chickenboy?«

»Du hörst dich nicht gerade gut an.«

»Es ist so heiß hier drinnen«, sagte sie und riss sich die Schulkrawatte vom Hals. Dann kämpfte sie sich aus ihrer Jacke und ihrem Pullover und pfefferte die Sachen auf den Boden. »Ich kriege kaum Luft.« Sie war schweißgebadet. Ihr feuchtes Haar klebte ihr im Gesicht.

»Ich finde es gar nicht so warm.«

Abby sank auf die Bank und begann zu schluchzen. »Ich ersticke hier.«

Und dann fiel mir plötzlich Mums recycelbare Papiertüte ein. »Du hyperventilierst«, sagte ich. »Hier, atme da rein, meine Mum meint, das hilft.«

Ich dachte, sie würde ausrasten, wenn ich Mum erwähnte, doch sie nahm die Tüte trotzdem.

Nach einer Weile schien ihr Atem ruhiger zu gehen.

»Besser?«

Sie nickte und reichte mir ein rosafarbenes Papiertaschentuch.

»Wozu ist das?«

»Du blutest. Das macht mich wahnsinnig.«

Wenn es so heiß hier drinnen war, wieso zitterte sie dann? »Was ist los mit dir, Abigail?«

»Ich kann enge Räume nicht ertragen.«

»Das nennt man Klaustrophobie.«

»Ich weiß, wie man das nennt, Chickenboy. Ich brauche nur irgendwas, das mich davon ablenkt.«

»Meine Mum sagt ihren Klienten immer, sie sollen sich vorstellen, dass sie an einem Tropenstrand wären.«

»Die herzergreifende Psychologie deiner herzergreifenden Mutter ist mir scheißegal. Gib mir einfach irgendwas zu lesen, sonst werde ich hier drinnen verrückt.«

Sie war fast so schlimm wie Dumbo – man sah sie eigentlich nie ohne ein Buch in der Hand. »Hast du dir nichts mitgenommen?«

Ihre Lippen verzogen sich zu seinem sadistischen Lächeln. »Ich hatte andere Pläne.«

»Ich habe jedenfalls nichts.«

»Und was ist das hier?«, fragte sie, griff in meinen Rucksack und zog Großvaters Geschichte hervor.

Ich riss sie ihr aus der Hand. »Das ist etwas Persönliches, das kannst du nicht haben.«

»Mir egal, was es ist«, sagte sie und riss den Ordner wieder an sich. »Ich *brauche* etwas zu lesen.«

»Los, bitte, gib es mir, okay?«

»Was ist denn daran so besonders? Und wer sind die drei Typen auf dem Foto?«

»Einer ist mein Großvater. Es ist seine Kriegsgeschichte. Gib sie mir einfach zurück, ja?«

Ich versuchte, den Ordner zurückzuerobern, doch sie hielt ihn fest wie ein Hund seinen durchweichten Tennisball. »Was ist denn das Problem? Warum willst du nicht, dass ich das lese?«

Die Wahrheit schlüpfte heraus, bevor ich mich selbst kontrollieren konnte. »Weil du hinterher nicht sagen sollst, er war ein Feigling. Weil du nicht sagen sollst, er war genau wie ich.«

Abby rang wieder nach Luft. »Bitte, ich *brauche* einfach etwas zu lesen. Dann geht's mir besser. Ich werde kein Wort sagen, versprochen!«

Sie nickte dankbar, zog ihre Beine an und balancierte Großvaters Geschichte auf ihren Knien. Sie begann zu lesen.

Und plötzlich wurde mir bewusst, dass ich keine Angst mehr hatte. Was auch immer mir Abby angetan hatte, das war alles Vergangenheit. Endlich sah ich, was sie wirklich war. Sie war nicht der Imperator, sie war nur ein anderer verängstigter Mensch.

13.45 Uhr

Wir mussten mindestens eine halbe Stunde in der Zelle gewesen sein, bevor ein »anonymer Hinweisgeber« Mr Catchpole auf unseren Aufenthaltsort aufmerksam gemacht hatte. Er kochte vor Wut, als er die Zellentür öffnete und uns vorfand: Abby, die Großvaters Geschichte zum wahrscheinlich sechsten Mal las, und meine Wenigkeit, das Gesicht voller Chipskrümel.

»Was in Gottes Namen ist in euch gefahren?«

Abby sah inzwischen besser aus. »Sie haben uns eingesperrt, Mr Catchpole.«

»Ich bin nicht total naiv, wisst ihr«, sagte er und schwenkte seine Tesco-Tüte in unsere Richtung. »Habt ihr in meinem Sozialkundeunterricht überhaupt nicht zugehört? Hat keiner von euch beim Rollenspiel zum Thema Teenagerschwangerschaft mitgemacht?«

»Das stimmt aber«, schniefte Abby. »Wir waren gefangen. Ich habe nichts anderes getan, als die Kriegsgeschichte seines Großvaters zu lesen.«

»Ja, na gut, ich glaube dir«, sagte Mr Catchpole, der offensichtlich bemerkt hatte, wie durcheinander sie war. »Warum bringt ihr euch nicht ein bisschen in Ordnung und dann sehen wir zu, dass wir loskommen. Da draußen warten fünfzig plündernde Präpubertierende, die den Geschenkeladen terrorisieren.«

Wir folgten ihm zurück durch das Schiff, vorbei am noch immer anhaltenden Gebrabbel von Vera Lynch und Churchill, als ich plötzlich eine verschwitzte Hand auf meiner Schulter spürte.

»Er war kein Feigling.«

»Was?«

»Dein Großvater«, sagte Abby. »Er war kein Feigling, du Trottel.«

»Was meinst du?«

»Hat deine Mummy dir noch nie vom ›Überlebenden-Syndrom‹ erzählt?«

196

Alle johlten, als wir die Landungsbrücke erreichten.

»Überlebenden-was?«

»Überlebenden-Syndrom«, sagte Abby und versuchte, sich vor den Paparazzi der achten Klasse zu schützen, die sich gegenseitig ihre Handys mit Kamera wegschnappten. »Davon spricht man, wenn sich ein Mensch schuldig fühlt, weil er ein traumatisches Ereignis überlebt hat.«

Das Geschrei und die Pfiffe wurden immer lauter.

»Manchmal werfen sie sich selbst vor, dass sie nicht alles dafür getan haben, denjenigen zu helfen, die es nicht geschafft haben.«

Vor unseren Füßen landete ein Hagel von Red-Bull-Dosen.

»Der Freund deines Großvaters ist gestorben. Was hätte er für eine Wahl gehabt? Er hätte ohne ihn gehen können oder er wäre selbst gestorben. Aber das macht ihn nicht zu einem Feigling.«

Sie stimmten den Hochzeitsmarsch an, als Mr Catchpole uns über die Landungsbrücke führte wie ein erschöpfter Brautvater. Sie hatten ihre Merkzettel in kleine Stücke gerissen und Konfetti hergestellt und sicher würde es nicht lange dauern, bis die »Hochzeitsfotos« in der Schule die Runde machten.

Abby war mit jedem Zentimeter die errötende Braut. Sie wirkte so gestresst, dass sie mir fast leidtat. Aber ich muss ehrlich sagen, dass es einer der glücklichsten Momente meines Lebens war. Denn was immer als Nächstes passierte, ich wusste, dass mein Leben nie wieder so schlimm sein würde. Und ich konnte es nicht erwarten, das Großvater zu erzählen.

16.05 Uhr

Trotz des traurigen Titels ist »Old Man Blues« eigentlich ein lebhaftes Stück. Es dröhnte aus meinem iPod, als ich die *Abflughalle* betrat. Die Arme zu Joe Nantons Posaunensolo schwenkend und genießend, was sich wie der erste richtige Sommertag anfühlte, passte das Lied genau zu meiner Stimmung. Es sah wahrscheinlich so aus, als wäre ich im Krieg gewesen (Miss Stanley hatte darauf bestanden, dass mir ein Attest ausgestellt wurde, aus dem ersichtlich wurde, dass ich eine Kopfverletzung hatte), doch verglichen mit vier Stunden vorher war ich voller überschwänglicher Freude.

Paula machte einen wirklich besorgten Eindruck, als sie mich sah. Sie kam in Höchstgeschwindigkeit angewatschelt und begann etwas zu sagen, das ich nicht hören konnte. »Alles okay, Paula«, rief ich. »Es ist nicht so schlimm, wie es aussieht; kein Grund zur Sorge!«

Ich drehte mich um, nahm immer vier Stufen auf einmal und stürmte den Flur hinunter, so erpicht darauf, Großvater zu sehen, dass ich kaum die schnaufende, über ihren Rollator gebeugte Oma bemerkte oder den schrecklichen Kohlgeruch.

»Großvater, Großvater, ich bin's«, sagte ich aufgeregt, nahm meine Kopfhörer raus und stürzte ohne zu klopfen in sein Zimmer. »Ich weiß, was passiert ist, und ich denke nicht, dass du ein ...«

Ich hatte heimlich gehofft, dass es ihm besser gehen würde, doch mit einer solchen Verwandlung hatte ich nicht gerechnet. Die Sonne strahlte durch die geöffneten Fenster hinein und Großvater blickte nach draußen auf eine Horde Grundschulkinder, die sich mit Wasserbomben bewarfen. Und als er sich zu mir umdrehte, wirkte er 30 Jahre jünger – das war verblüffend.

Aber wieso trug er einen Trainingsanzug? Und warum hatte er keine Haare? Und warum rannen Tränen über seine Wangen?

Und dann wurde mir klar, wer das war. »Dad, was machst *du* denn hier?«

So hatte ich ihn noch nie gesehen. Er wischte sich mit dem Ärmel über sein Gesicht und stolperte auf mich zu wie ein kleiner Junge, der verloren gegangen war. »Ich habe deine Nachrichten bekommen. Danke, Sam.«

»Was ist mit dem Rennen?«

Dad schüttelte den Kopf. »Ich wusste nicht, wie schlecht es ihm ging. Sonst wäre ich schon eher zurückgeflogen.«

»Wo ist Großvater?«

Aus dem Aufenthaltsraum erklang die Titelmelodie einer Quizshow. Dad legte seine Hand auf meine Schulter. »Es tut mir leid, mein Sohn.«

»Was meinst du ...?« Und dann bemerkte ich, dass sie sein Bettzeug abgezogen hatten. »Nein ... ist er ...?«

Dad schaffte es, mir zu erzählen, dass er bei Großvater gewesen war, als er starb, bevor wir beide in Tränen ausbrachen und ich mich dafür verfluchte, zu spät gekommen zu sein.

Als wir aufgehört hatten zu weinen, brachte Paula Dad eine Tasse Tee, ich beförderte Großvaters geheimen Ananasvorrat zutage und wir begannen, den Rest seiner Sachen in schwarze Müllsäcke zu stopfen, die wir raus

199

ins Auto brachten: Großmutters Patchworkdecke, die afrikanischen Figuren, die er vom Ju-Ju-Mann bekommen hatte, ein paar muffige Taschenbücher und eine ganze Ladung Klamotten.

»Sam, was ist denn mit deinem Gesicht passiert?«

»Nichts, nur ein kleiner Unfall. Ich habe ein Attest.«

Dad spähte auf die runzligen Gesichter, die vor dem Fernseher dösten. »Ich fand es schlimm, ihn hierherzuschicken, weißt du, aber allein wäre er niemals zurechtgekommen. Ich glaube, letzten Endes hat er es verstanden. Es ist ihm nicht leichtgefallen, damit zu beginnen, aber ob du es glaubst oder nicht, dann haben wir es geschafft, ein wirklich gutes Gespräch zu führen.«

»Worüber?«

»Er hat gesagt, dass er stolz auf mich ist«, antwortete Dad und wühlte in seiner Tasche nach dem Autoschlüssel. »Ich frage mich, warum.«

»Was meinst du?«

»Er war ein echter Mann, oder?«, sagte er und öffnete den Wagen. »Hat im Weltkrieg gekämpft und all so was. Wie kann ich da mithalten?«

Ich stopfte den letzten Müllsack auf den Rücksitz. »Ich meine, wir sollten uns glücklich schätzen, dass es keine weiteren Weltkriege gab.«

»Ja, ja, du hast recht«, entgegnete Dad. »Na los, wir gehen besser noch mal nachsehen, ob wir nichts vergessen haben.«

»Dad«, sagte ich, während ich unter das Bett langte und versuchte, nicht zu niesen. »Habt ihr noch über etwas anderes gesprochen?«

Dad balancierte auf einem Fußhocker und tastete

oben auf dem Kleiderschrank herum. »Na ja, wir haben über deine Großmutter gesprochen, wie sehr er sie vermisst, und ... über andere ... persönliche Dinge.«

»Was für Dinge?«

»Keine Ahnung«, antwortete Dad und zog eine alte Socke hervor, »dies und das eben.«

Ich wusste nicht, ob ich fragen sollte, aber ich musste es wissen. »Hat er dir von Tommy Riley erzählt?«

Dad stieg von dem Fußhocker und ließ sich in Großvaters ramponierten Sessel fallen. Es war erstaunlich, wie ähnlich die zwei sich sahen. »Ich denke, dass er es schon vorher mal versucht hat, doch es war ... schwierig für ihn. Er war ein stolzer Mann, Sam. Das bedurfte sehr vielen Mutes.«

»Er war kein Feigling, oder, Dad?«

»Nein, natürlich nicht; er war lediglich ein junger Kerl, der sich plötzlich in einer unmöglichen Situation wiederfand.«

Ich ging rüber zum Fenster und tat so, als würde mich die Wasserbombenschlacht interessieren, damit Dad nicht sah, dass ich wieder weinte. »Ich wünschte, ich hätte ihm das sagen können. Er hat sich wirklich schrecklich deswegen gefühlt.«

»So ist das manchmal. Die Überlebenden fühlen sich schuldig, weil sie überlebt haben.«

»Ja, das meinte Abby auch.«

»Wer ist Abby?«, erkundigte sich Dad und bedachte mich mit einem Eltern-Augenzwinkern, bei dem sich einem die Zehennägel aufrollten. »Doch nicht etwa diese geheimnisvolle Freundin, von der mir deine Mutter erzählt hat?«

201

»Glaub mir, sie ist nicht meine Freundin.«

Dad stellte sich zu mir ans Fenster. »Er war so viel ruhiger, nachdem er es mir erzählt hatte. Er meinte, er wäre bereit zu sterben.« Dad legte seine Hand sanft auf meine Schulter. »Es gab nur eine Sache, die ihm noch Kopfzerbrechen bereitet hat.«

»Und was?«

»*Du*, Sam. Er sagte, dass dich irgendetwas aus dem Gleichgewicht gebracht hat. Er wusste nicht, was, aber er ist davon ausgegangen, dass es etwas mit der Schule zu tun hat. Hatte er recht?«

Ich wollte es ihm immer noch nicht erzählen. Auch nach allem, was ich durchgemacht hatte, fühlte es sich an, als hätte ich irgendwie versagt. Doch wenn Großvater es geschafft hatte, konnte ich es auch schaffen. Also erzählte ich Dad alles, angefangen bei meinem virtuellen Mord und der Chickenboyz-Website, bis hin zu dem Augenblick, als ich herausgefunden hatte, dass einer meiner Verfolger gleichzeitig mein sogenannter bester Freund gewesen war.

Nachdem ich fertig war, fühlte ich mich eigentlich viel besser.

Ich wünschte, ich hätte dasselbe über Dad sagen können. Er wirkte, als wäre er kurz davor zu explodieren. »Warum hast du das so lange für dich behalten?«

»Ich wusste, dass du sauer sein würdest.«

Dad schüttelte entrüstet den Kopf. Ich wünschte wirklich, dass ich meinen Mund gehalten hätte.

»Warum sollte ich sauer sein?«

»Weil du mich davor gewarnt hast, Dad, oder? Du hast mich davor gewarnt, meine Gefühle in der Öffentlichkeit zu zeigen. Aber es hat sich herausgestellt, dass ich genau wie dieser Junge an deiner Schule war ... ›der Typ, der geheult hat‹, weißt du?«

»Oh Sam, das tut mir so leid, ich hätte es dir sagen müssen.«

»Was?«

»*Ich* war es«, entgegnete Dad. »Ich war der Junge, der geheult hat. Und ich hätte mir nichts Schlimmeres vorstellen können, als dass es dir genauso ergeht. Wir hatten damals vielleicht kein Internet, aber sie haben es trotzdem geschafft, mir das Leben zur Hölle zu machen – ein paar harte Jungs, was, Sam?«

»Warum hast du mir das nicht erzählt?«

»Ich habe es niemandem erzählt«, sagte Dad sanft.

»Nicht mal Großmutter und Großvater?«

»Selbstverständlich nicht. Heute weiß ich, wie dumm das war, aber ich dachte, sie würden sich für mich schämen.«

Und dann tat Dad etwas, das er seit Jahren nicht mehr getan hatte. Er zog mich zu sich heran und schloss mich in seine Arme.

»Keine Sorge, mein Sohn, wir bringen das in Ordnung. Das verspreche ich dir.«

»Danke, Dad.«

»Okay«, sagte er und sah sich ein letztes Mal in Großvaters altem Zimmer um, »und jetzt lass uns schleunigst von hier verschwinden.«

»Ich beginne, das Licht zu sehen«

Paula spielte eine schöne unbegleitete Version eines 1945-Ellington-Standardstücks auf der Trauerfeier, was Großvater sicher erfreut hätte. Und ich entdeckte ein falsches Apostroph in dem Gottesdienstablauf, was ihn noch mehr erfreut hätte.

Es ist jetzt fast ein Jahr vergangen, seit er gestorben ist, und ich vermisse ihn immer noch wie verrückt. Aber das Lustige ist, dass er hin und wieder neben mir auftaucht: Immer, wenn ich Laub rieche, U-Bahn fahre, unter Wasser schwimme, seine Lieblings-Quizshow gucke, ein Mars esse oder Hot Jazz höre, spüre ich, dass Großvater es genauso genießen würde. Wie er zu sagen pflegte: »Wir haben dieselben Gene.« Ich glaube, dass er immer ein Teil von mir sein wird – bis ich selbst sterbe.

Und was ist mit der Schule? Wahrscheinlich will jeder hören, dass die Dinge schlagartig besser wurden. Es ging etwas langsamer voran. Mrs Baxter, Vertrauenslehrerin für die achten Klassen, versicherte uns, dass das St Thomas's Community College solche Vorfälle sehr ernst nehme, und Dad, der fast genauso nervös war wie ich, sagte, dass zu seiner Zeit die einzigen Menschen mit Mobbing-Strategien die anderen Kinder waren.

Alex hat einen Nachmittag in der Isolations-Einheit verbracht und Abby wurde für eine Woche vom Unterricht ausgeschlossen. Als sie zurückkam, erfanden sie ein dummes Lied über einen Klammeraffen und Pete Hughes nannte sie einen Psycho-Pinguin, sodass es wahrscheinlich eine Erleichterung war, als ihre Mum

Alex' Vater verlassen hat und sie nach Manchester gezogen sind.

Ich bekam einen studentischen Mentor an die Seite und ein paar Broschüren über Anti-Mobbing-Websites, was sie nicht davon abhielt, mir Hühnerfutter in den Rucksack zu stecken oder dann und wann zu gackern, wenn sie mich sahen. Aber das war alles besser als die offene Verachtung. Nach und nach begannen sie, das Interesse zu verlieren. Callum Corcoran lachte sogar wieder über meine Witze und irgendwann vor ein paar Wochen haben die Hühnergeräusche ganz aufgehört.

Großvater hatte immer gesagt, es gäbe nichts Schlimmeres als eine Geschichte mit einer albernen Moral am Schluss: »Glaub immer an dich selbst, du kannst alles schaffen, wenn du es nur willst.« Doch auch wenn es keine Moral in meiner Geschichte gibt, gefällt mir der Gedanke, dass wir zumindest alle etwas gelernt haben.

Mum entfernte das Harry-Potter-Foto aus ihrem Sprechzimmer. Sie meinte, dass sie es sich nie verzeihen könnte, die klassischen Symptome des »Gleichaltrigen-Verfolgungs-Szenarios« übersehen zu haben, und mein bester Freund, Steve, machte einen Witz über das verkorkste Kind der Kinderpsychiaterin. Ich nenne ihn nicht mehr Dumbo – er mag das nicht.

Dad hat sich entschlossen, kein Hardman mehr sein zu wollen. Er sagte, dass er es leid wäre vorzugeben, etwas zu sein, was er gar nicht ist. Mum und ich waren erleichtert. Nicht ganz so erleichtert waren wir allerdings, als er uns erzählte, dass er zu seiner ›ersten Liebe‹ zurückkehren würde. Ein paar E-Mails später waren drei der vier ursprünglichen Bandmitglieder wieder vereint und die ›Kitten Drowners‹ begannen jeden Sonntag in unserer Garage zu proben. Es ist nicht unbedingt das, was ich als Musik bezeichnen würde, aber sie scheinen es zu genießen – also, was soll's?

Und was ist mit mir, was habe ich gelernt? Na ja, da gibt es auf jeden Fall eine Sache: Wenn mich meine Enkel jemals fragen, wie ich zu dieser coolen Fünf-Zentimeter-Narbe auf meiner Stirn gekommen bin, werde ich ihnen nicht erzählen, dass ich die Mächte des Bösen bekämpft oder eine Undercover-Mission in *Mission: Impossible 6* geleitet habe. Ich werde ihnen erzählen, dass ich sie bekommen habe, als ich vor einem 13-jährigen Mädchen davonlief.